〖中华诗词存稿·名家专辑〗
中华诗词学会 编

帆影湖星集

胡迎建 著

中国书籍出版社
China Book Press

图书在版编目（CIP）数据

帆影湖星集 / 胡迎建著 . —— 北京：中国书籍出版社 , 2019.5

（中华诗词存稿）

ISBN 978-7-5068-7274-4

Ⅰ . ①帆… Ⅱ . ①胡… Ⅲ . ①诗集—中国—当代 Ⅳ . ① I227

中国版本图书馆 CIP 数据核字 (2019) 第 075543 号

帆影湖星集

胡迎建 著

责任编辑	李国永
责任印制	孙马飞　马　芝
封面设计	采薇阁
出版发行	中国书籍出版社
地　　址	北京市丰台区三路居路 97 号（邮编：100073）
电　　话	（010）52257143（总编室）（010）52257140（发行部）
电子邮箱	eo@chinabp.com.cn
经　　销	全国新华书店
印　　刷	北京虎彩文化传播有限公司
开　　本	710 毫米 ×1000 毫米 1/16
字　　数	200 千字
印　　张	24
版　　次	2019 年 5 月第 1 版　2019 年 5 月第 1 次印刷
书　　号	ISBN 978-7-5068-7274-4
定　　价	198.00 元

版权所有　翻印必究

《中华诗词存稿》编委会名单

顾　　问： 郑欣淼　郑伯农　刘　征　沈　鹏
　　　　　　叶嘉莹

编　　委：（按姓氏笔画排序）
　　　　　　丁国成　王　强　王改正　王德虎
　　　　　　刘庆霖　吕梁松　李一信　李文朝
　　　　　　李树喜　陈文玲　张桂兴　范诗银
　　　　　　欧阳鹤　杨金亭　林　峰　罗　辉
　　　　　　周兴俊　周笃文　宣奉华　赵永生
　　　　　　赵京战　钱志熙　晨　崧　梁　东
　　　　　　雍文华

主　　任： 范诗银

副 主 任： 林　峰　刘庆霖

执行主编： 吕梁松　王　强　李伟成

秘　　书： 李葆国

作者简介

胡迎建（1953年—）出生于星子县，祖籍都昌县。曾下放为知青，1971年上调作苦力工人。1978年考入九江师专。毕业后，曾任星子县志办主任，主编，1985年考入江西师大研究生，毕业后历任省古籍整理办公室副主任、省社科院赣鄱文化研究所所长，二级研究员，院首席研究员。现为省文史馆员、《江西文史》主编。兼江西诗词学会会长，《江西诗词》主编，中华诗词学会副会长。享受国务院特殊津贴。著有《近代江西诗话》《一代宗师陈三立》《昭琴馆诗文集笺注》《滕王阁诗词选释》《朱熹诗词研究》《民国旧体诗史稿》（1997年国家社科项目）《陈三立与同光体诗派研究》（2006年国家社科项目）。主持《江西名山志》13种整理出版工作，校注《庐山志》，编注《庐山诗文金石广存》。选注《江西古文精华丛书·游记卷》《诗词卷》《白鹿洞书院诗文选注》，担任《江西省人物志》《历代庐山诗词全集》《鄱阳湖文化志》常务副主编，主编《鄱阳湖历代诗词集注评》。

总　　序

我们这个诗歌大国有一个很好的传统，历来注重"采诗"、搜集整理诗歌材料。作为唯一的全国性诗词组织的中华诗词学会，自1987年5月成立以来，就十分重视这项工作。学会每年的学术研讨会和历届"华夏诗词奖"，都出版论文集和获奖作品集。纪念学会成立二十年、三十年时，还专门编辑出版了《大事记》《论文选集》《诗词选集》。《中华诗词》创刊以来，每年都制作年度合订本。2007年5月，在北京天识东方文化艺术传播有限公司的资助下，以近代以来诗词创作、诗词理论、诗词运动重要文献汇编，当代名家个人作品专集等为主要内容，出版了《中华诗词文库》。经过十来年的编辑整理，已经出了近百卷。这些诗集、文集的出版，记录了近百年来尤其是改革开放四十多年来，中华诗词从起步、复苏走向复兴的砥砺前行的历程，为近、当代诗歌史的撰写准备了丰富的资料。

党的十八大以来，中华民族优秀传统文化重新受到应有的重视。习近平总书记《念奴娇·追思焦裕禄》词和《军民情》七律的相继发表，引领中华大地诗潮滚滚而来。《中共中央关于繁荣发展社会主义文艺的意见》和中办、国办《关于实施中华优秀传统文化传承发展工程的意见》，都明确提出"加强对中华诗词、音乐舞蹈、书法绘画、曲艺杂技和历史文化纪录片、动画片、出版物等的扶持。"国家教育部组织制定由中华诗词学会起草的新中国语言体系中的新韵书《中华通韵》已经通过国家语言文字工作委员会语言文字规范标准审定委员会审定，即将颁布全国试行。这些都使我们真切地感受到，中华诗词的春天真的到来了。诗人们乘着骀荡春风，正以高昂的激情，书写着中华民族伟大复兴的新时代、新史诗，国家富强、民族振兴、人民幸福的中国梦；正以与人民同呼吸、共命运的诗人之心，对人民的欢乐、人民的忧患、人民的情怀给以诗意的表达；正以"美"或"刺"的诗人之笔，对市场经济大潮中人民对幸福生活的期待，对美好未来的希望，对假丑恶的深恶痛绝，或给以方向，或给以赞美，或给以鞭挞。正如习近平总书记所指出的："好的文艺作品就应该像蓝天上的阳光、春季里的清风一样，能够启迪思想、温润心灵、陶冶人生，能够扫除颓废萎靡之风。"

当前，传统诗词创作者和诗词爱好者队伍发展迅速，已超过三百万。每天创作的诗词作品超过唐诗、宋词、元曲的总和。诗词评论研究队伍也成长很快，诗词评论、诗词学、诗词创作理论研究成果丰硕。如何从浩如烟海的诗词作品中"淘"出优秀作品，并使之存下来、传下去，如何使诗词研究理论成果"面世"并发挥应有的指导作用，确实是摆在我们面前的无可回避的一个重要课题。中华诗词学会是一个没有国家编制，没有国家拨款的社会团体，事业的运转主要靠社会赞助和会员费支撑。俊识（北京）文化传媒有限公司总经理吕梁松、北京采薇阁总经理王强，两位一直是对中华传统文化情有独钟的热心人，慷慨解囊，愿意同中华诗词学会一起，搜集整理编辑推出《中华诗词存稿》这套书，共同为中华诗词文化的继承和发展，做成这件十分有意义的事情。

《中华诗词存稿》主要搜集整理出版三部分内容的资料：一是当代诗词名家的个人作品集；二是当代诗词评论家、诗词学者的学术著作集；三是当代诗词作品、诗词理论学术成果阶段性、专题性、地域性的集成类作品集。诗词作品强调精品意识，沙里淘金，把"有筋骨、有道德、有温度"的优秀诗词作品搜集起来。诗词评论、研究类资料强调理论性和创新性，应具有鲜明的个性特点，具有创建性的见解。集成类的资料应有一定的史料保存价值。总之，做成一套具有当代价值和历史意义的好书。在此，我们编委会人员，向提供资料、筛选编辑、版面设计、校对勘误，包括所有为这套资料付出辛勤劳动的同志们，表示真诚的谢意！

郑欣淼

二〇一九年七月于北京

自　序

我作旧体诗始于二十岁，1973年春我被迫迁调型砂矿劳作，船行在浩荡湖波上，含悲写下了第一首诗，前两句是："岌岌山危压小躯，翻腾波上融寒泪。"其时有亲戚请我为他家造屋帮工，问我需要什么，我索要他家《唐诗三百首》《欧阳修词选译》各一册。此后家里历经几番抄家、下放的折腾，诗词书籍荡然无存，有此两书可以摹仿涂鸦。那时作了诗词几十首以遣愁，主要是哀叹身世、苦役劳作以及描写鄱阳湖风光之类。我的父亲讳长青、舅父徐奠磐均曾领我进入诗词门槛，初识格律与用韵。后来入九江师专，教写作课的周平迅老师在黑板上板书他的诗作，可是当我携己作向他请教时，他很认真地告诫说，你们年轻人不要做诗，没有什么好处。这也许是他当年倒霉的教训。1979年，我与几个同学在一起办起小小的《诗岛》刊物，后来公安局派人来学校调查，其实并未触及时忌，但也就敛手停刊了。

我后来考上江西师大，师从胡守仁、陶今雁、朱安群三先生学唐宋文学。先生督促学生作诗，教我明白作诗有途径。陶今雁先生教杜甫诗之章法，并说："若作诗，须从杜诗入。"胡守仁先生教韩诗，他作诗拜倒在韩昌黎、黄山谷两家。朱安群先生讲唐宋诗之比较，使我们明白了宋诗为唐诗一大变，而变之枢纽即在杜甫开创的变调，韩愈为接力棒，力破盛唐余地。

近人学诗重在门径，师从某几家。以同光体诗派一些重要人物为例，陈三立师法韩愈、黄庭坚入手，郑孝胥师法韦应物、梅尧臣，而陈衍师法白居易、陆游，陈曾寿师法韩愈、李商隐。有的人以为熟读唐诗三百诗即会写诗，我以为不然，真正要想作诗有成就，一定要学有所本，从摹到创，先从一两家入手，如法名帖，打下基础，然后广采诸家。我早年即犯了泛学的毛病。

从杜甫入手是好办法，因为杜诗有章法可循，开后人无数法门。李太白诗飘逸奔放、苏东坡畅快旷放，但李、苏以才气为诗，难以效法。杨万里认为：苏东坡、李太白诗无待于诗法，神明变化不测；杜少陵、黄山谷诗有待于法而又不依赖于法。有门可入，有法可循。此说见《诚斋诗话》。

古风以杜、韩为正格。我尤喜欢韩诗古风。韩诗云："我愿生八翅，百怪入我肠。"他把大、奇、怪、丑的意象、鲜血淋漓的东西写入诗中，有金刚怒目式的崛奇美。我那时学作《咏怀》云："草木萌新绿，往事倏如烟。惊蹶还坐起，孤枕难成眠。蝇利无所恋，惟求学业奠。暗悯三十余，仍为分数战。无力穷一经，何能悟新变。树凋复满绿，眼角爬纹线。朱颜日渐凋，成就叹遥遥。几番见嘉树，风来亦萧萧。"即学韩诗的《咏怀》。

古风重在记叙，但忌平铺直叙，宜有跳跃性，跌宕腾挪。可运用排比句，也可用少数骈句。又《咏湖口石钟山》诗云："冰川造化日，地层渐陷下。唐时成巨浸，容纳五河泻。周遭八百里，水天互混漾。涵泳星河汉，倾倒匡庐嶂。山锁江湖间，俨然石钟状。撑峙石巉巉，白鸥有依傍。石窟响噌吰，其声激于浪。湖口如咽喉，吐纳势奔放。或洪波舂撞，鬼嚎声凄怆。或清黄可辨，豁眸送浩荡。或琉璃凝碧，天水共澄亮。或湖洲裸露，石脚瘦骨样。神工驱鬼斧，劈此奇境贶。"先写沧桑变迁，次写鄱阳湖景，极力夸张。一连用了四个或字领头的排比句，学韩愈的《南山》诗。中山大学陈永正教授来信即言此诗学韩黄。拙作《九天大溶洞》诗中云："或如峰林攒，斑白洒霜淞；或如高原阮，有马失其控。或如侣相依，或如晨鸡哢。或如黄牛饮，或如悬翔凤。"《游福建将乐县玉华洞》："或流沙砾金，或泻丝飘练。匝堆晶玉螺，镶精美花钿。"亦前用排比，后用一四句法。又《游温州江心屿》："一塔傲千古，雄镇东岬头；一塔体黄瘦，柯密遮四周。"连用排比。

古风中不妨有骈偶句。拙作《游汉阳峰》："足踏落松针，棘曳迅行胫。茅丛露未晞，云锦花犹炯。"《游大散关》："铁马奋秋风，儒生上前线。从知世事艰，翻笑志士贱。"《白城行赠三狂居士》写其草庐："篱架葡萄累累挂，池台芙蕖冉冉香。秋千摆荡风拂拂，茅亭坐观雨茫茫。"又《终南山南五台行》："大壑濛濛元气藏，层崿嶙嶙剑齿挺。"亦皆如此。

古风与歌行略有不同，歌行重在婉畅，古风重在崛健。初学者宜先学结构布局，然后求流畅生气，既要避免破碎支离的毛病，也要注意克服四平八稳、平铺直叙、章法板滞平钝而无生气的毛病。

我的《贵州黄果树大瀑布》一诗云："丛嶂苍莽云烟开，我如鹏搏颠簸来。湍流奔喧穿幽壑，石骨蟠结耸崔嵬。忽闻昆阳激战鼓，银河倒泻白龙舞。虞渊冥晦翻地轴，铁马盘涡震天宇。万钧霆斗日月摇，激涧波涌海门潮。驱蛟走鼍供鞭笞,悬注奔啸崩雪涛。瀑藏玲珑水帘洞,坐观六窗纷翥凤。龙须带雨天花坠,猴王借扇仙风送。跳珠腾雾气淋漓,日光来射五彩霓。金光玉色相荡谲,虹桥蜃景变幻迷。噫唏海内名瀑以百数,何独推尊黄果树。乃知天意属贵州,游览业成致富路。我欲携取灵源水一壶,去救东篱菊半枯。又盼水击轮飞发电足,千家万家焕明珠。"熊东遨评曰:"写得黄果树瀑布如此有气势,令人心往神驰不已。结尾四句怀济世之心,尤见高格。蔡厚示先生谓此作'卓荦不凡,自具手眼',自是的论"(载《我看诗词百家》)。李木简评曰:"此诗大气磅礴之笔力源于大气激扬的襟抱、不凡的气质与丰厚的学养功夫。此诗前二十句状景于虚、实之中,运用赋比兴、夸张、想像、烘托、置换韵部诸种艺术手段,景情交融,境界阔大,佳句叠出,于空灵中呈飞动壮美之势,形神兼备,激荡人心。后八句抒怀饶有馀味。诗中作者的生命质量之歌,信而不诬也。"(《贵州诗词》2007年第三期)李木何许人也,我不清楚,所评言过其实,我不敢当,但可给学古风者开拓思路。

  作诗不可仅仅写景而无主观性情的抒发。若是写景再好,也不是成功的诗,必然单薄无厚度。我在2008年所作《游五老峰下李氏山房歌》最后说:"仰望岩岫列峣嶕,嶙峋傲骨摩青霄。恍如逸士与天语,云浮隐隐露峻高。下窥泱漭远浩淼,左蠡依稀落星小。平陆丘峦走蜿蜒,万象不可瞒五老。我盼一年半年闲,坐观风云栖此间。但愿心神能澹定,天地奥秘悟二三。"从仰望五老峰到鸟瞰鄱阳湖,最后要发抒议论,认为天地朗耀光华,尘世间无论何事都不可瞒却五老峰。我盼望在此山中隐居,悟天地奥秘。如果仅仅写美景，赞美景，那就单薄无意味了。

议论最好要联系当前现实。我为纪念屈原所作《天问阁遐思》诗，写屈原之问天，联系到中世纪哥白尼的太阳中心说，又联系到当代宇宙天体学："一自诞生哥白尼，始知地球绕日驰。尔来科学创辉煌，或可了却灵均疑。如今层出新奥秘，星云黑洞谁能窥。何日飞船翔宇宙，一释人类之好奇。"拙作《赣州通天岩行》一诗，记叙明代王阳明、聂豹、后有蒋经国过往此地的遗踪，最后发议论："高贤遗躅犹可觅，德治能手今有无？坐看岩壑静窈窈，傍崖佛殿香袅袅。玉兰舒卷天地心，道旁芜草倩谁扫？"叹今日有无前贤那般的治政能手，道旁芜草则象征社会上的乱杂现象，不知有无能手为之扫除。《登长白山看天池》诗，开始遐想远古之时："千万年前火山喷发吉边陲，熔岩四迸林海灰翻飞。獐死熊埋虎跑鹿窜踪迹绝，一时星沉月死日敛威。山巅形成大盆凹，神山谁赐名天池。"最后认为清军入关使中国有了幅员辽阔的版图。否则东北如另立国，则此世难得逢此大国盛世气象："对此大笑复缅想，女真崛起神助之。寰海混同版图阔，不然难得逢盛时。"

当前的贪腐现象，民众为之痛心疾首。我在吊古之作《辛卯清明前五日参加祭扫文天祥陵园过富田镇》的最后，言及"世犹多腐恶，何以慰英灵"。《游大散关有怀陆游》诗云："如梦醒思今，犹有百虑煎。盛世万蠹贪，海疆两夷缠。锵锵警钟篇，还待鸿笔彦。"从万蠹贪婪写到邻国两夷即越南、菲律宾两国蓄意侵占我南海岛屿。我以为，如此写来，或许有读书人的忧患意识。

近作《哭钱明锵先生》，我力求写出逝者的身世、个性："海内诗侠名，西溪高标显。早岁受株连，命运忒偃蹇。释放获自由，闯荡避白眼。致富成儒商，报刊印万版。发奋攻诗学，嘤鸣交友善。汲取古今知，旷兼秀多产。嶔奇磊落气，一一溢篇卷。举世作诗者，大都趋熟软。君挺立其间，芜丛力刈剪。金石声铿锵，抉微妙理阐。老而愈精进，辞赋灵心撰。丙年蒙造访，诗坛论侃侃。会稽与井冈，几番相约践。酣嬉淋漓馀，十杯饮辄满。"

李宗保评说拙诗，认为"古风比其律绝写得更好，这来自他深厚的古文功底。他为人写的序跋，不少是文言，多骈句，文采华茂。他的《游五泄国家森林公园》，起句'高坝隔断仙凡界，俗虑都抛九霄外'。一语截断众流，泄漏天机也。接着按游览路线将所见的琉璃湾、山隘平地、茂林翠竹、飞瀑清潭等场景一一展现。以锃亮的眼光打量自然，以心灵偎依自然，亲吻自然，用比喻、夸张、拟人等修辞描绘自然，情景相生，诗情画意流露于字里行间，把游览时超凡脱俗、旷观山水、天人合一的心情表现得淋漓尽致。最后以'留得云水行吟踪，日已西斜返无奈'深化主题，点睛之笔，余音缭绕，让人感到物我无间。"

再以律绝举例谈谈体会，要努力从生活实景中观察。我的《德兴途中告别少华山》首联云："敛热日如丸，飘飘雾霭间。"观察早起时的太阳，在雾中收敛了热能与刺目的光线，就像圆丸一般，故有此句。在黄山晨起观日出，"忽然天亮泛缥碧，金霞迸射天之东。"在华山观日出："风浸似冰青女近，日升如璧紫霞低。"在武功山金顶观日出，有诗云："眼底尘寰沉睡醒，天边喷薄金玉丸。"尽量写出不同形态与感受。登峨眉山时遇雨雾有诗云："石径縈纡着力跻，雨帘遮挂众峰鼇。浓云塞似蒸笼满，苍柏耸疑鬼阵迷。"写雨如帘之"遮挂"，云浓如"塞"，也都是结合实景炼字。

七绝则重在轻巧，不必用典。我早年之作《过蚌湖》："浅水滩边小艇嘈，沙鸥惊起脚鱼逃。天光云影悠悠晃，水碧如油草碍篙。"朱德群点评云："首句写湖边小码头杂乱无章而又繁荣兴旺的景象；次句'逃'句不但使人觉得置身浅水滩边，使人直觉置身水底；第三句'晃'字虽未直说，却使读者知作者已在湖中船上。末句'碍'字看似寻常，实则极致，倘无水上生活经验与对生活的细致观察，绝难想象得出来。"

《闽北道中》："路自林中牵不断，峰从雾里露峥嵘。""牵"字写路之曳状。《张家界吟草》中的《水绕四门》："峪口相交到此奇，苍岩拔地比高低。壑抽万木森森处，中有清清不断溪。"熊东遨评此诗曰："'峪口相交'奇景凸现。次句一'比'将拔地苍岩写活。结句活水源头，潺潺不尽，亦是题目中意思"（《我评诗词百家》）。赖华先认为："抽"字警绝。壑由抽拔之木而显幽深，由壑深而显森森之气。一"抽"字将深壑森森、中有清溪之景象盘活，犹如一幅幽壑清溪之山水画。

要重视炼字。我的五律句如："清音敲静阒，人影带微喧。昼短丛林瘦，峡深万绿存"（《自水绕四门入金鞭溪》）。炼"敲""带"字。五古如《游温州江心屿》："骤雨滴梦破，如涛音渐休。"即炼"滴"字。

律句若一句仅一意，则太滑而无曲折，所以我往往注意一句含二意。如"黄沙漫舞风催涕，漏瓦寒侵雨湿灯"(《四十初度咏怀》);"波涌江河浮日白,石攒矛剑斫天青"(《安徽铜陵杏山葛仙洞》);"嵯峨峰笋挂天立,浓密丛篁夹岸青"(《广西宜州壮族山寨风情一日游》);"坝锁狂澜轮转电,波浮层翠峡奔雷"(《重阳后一日游宝峰寺过小湾水电站》)。或一句中前有本体,后出现喻体。如:"林莽鸣蝉雷阵吼,芭茅封径剑刀棱"(《游大游山》);"樟阴隔岸青云覆,蕉叶出墙绿扇摇"(《范坚先生招集诸多作家学者于其别墅,在八大山人纪念馆对岸》);"密松翠沁衣襟冷,嶙壁高留日色温"(《游甘肃兴龙山时在午后》);"幽径穿林松鼠窜,澄潭卧月鹭鸶翔"(《长春净月潭国家森林公园》);"层林影浸金溶水,一线天开斧劈山"(《泰宁金湖游览未毕,即乘快艇返码头》)。

　　对古代优秀诗人须心存敬重之意,有了"敬意"才能切实体会到古人创作的功夫,认真学习到古人的长处。今日作诗如果不学古人,不重继承,仅靠其思想敏锐,终难成大气候,必须在学古的基础上再谈创新。强调学古,并非拟古、泥古,摭拾古人陈词,而是多读古诗,方知其妙处,而亦知在我之先,有古人常用之意、惯用之词,则力求不用,知有所避与有所创,观察生活,体验生活,然后可望推陈出新。舍此而求新,只怕是缘木而求鱼。

　　以上所谈的是我作诗的一些体验,供人参考。我编辑《江西诗词》多年,认识了各地不少诗友与作者,其中有高人有耆宿,从交游中我学到了不少知识,我也直率指出过一些人作品中存在的问题。我曾作《论诗二绝》云:"妙象还从高著眼,芜辞莫自作聪明。寒风一扫繁枝叶,初绽梅花始玉清";"律求工稳意求新,开合回环布置辛。灵府若无涵养志，林深气茂有谁臻。"是诗启我思，壮我胆。倘无诗，人生精神将枯涸。自信诗是灭亡不了的，因为它可以藻雪精神，净化心灵，使人得到高层次的文化享受。创作中，冥思苦想，一旦吟安一字一句，如释重负、心境开朗的痛快感，非局外人所能得知。

翻阅旧作，岁月如流，却能藉诗一一回忆当年场景与作诗时的苦思。而我写过的文章也好，论文也好，大多却回忆不起来，可见诗不易得，不易忘。吾祖父雪抱公曾说："盖诗乃以寄怀抱，淑心性，沉博精丽，通乎鬼神，伟奇灵妙，模于造化，非如实验科学，徒夺观听，照耀于人间世也，可废乎哉！"我很敬重社会上的不少诗人，他们的职业并非研究古代文学，但他们酷爱诗词，涵茹诗词之际，感发自己的性情，大写狂写。相形之下，当今高校与科研部门中不少从事诗词研究者却甚少作诗，我认为这是很惋惜的事。

此集将我五十六岁之前的诗作均编入在内，按创作时间，保存原诗集名。大致说来，《帆影诗辑》是我四十岁以前的作品。《湖星诗辑》是我四十至五十岁时的作品。《雁鸣诗辑》与《轻舟诗辑》是五十岁至五十六岁时的作品。此次合编为一集，取名曰《帆影湖星集》。

我的第一本诗集为内部印行的《帆影集》，当时收录"文革"时诗不到十首，后偶得馀暇，整理1973至1974年时日记，又抄得诗23首，词2首。2012年11月中华诗词学会副会长李树喜与美国纽约梅振才计划合编十年"文革"诗集，向我征诗。我将诗发给李先生，并说，那时水平低，作品必有不少毛病，请他删改。他回复说："尊重历史，无需修改，况属上乘。"今日编诗集，适可为苦难时期留下斑点映像。

　　第二本诗集为《湖星集》（作家出版社2002年版），集名沿用笔名，不忘故里湖中之有落星石。当时印行一千集，早已无存。第三本诗文集为《雁鸣集》（作家出版社2004年版），乃因年轻时在鄱阳湖畔时闻雁鸣之声，而今居住南昌青山湖畔，湖中有雁鸣岛，如得闻雁鸣之声，引起往事的回忆，是以借用为此书之名。但此集至今所剩无几，此集的诗现在也基本收录此集中，散文、新诗则不收。第三本诗集为《轻舟集》（华艺出版社2009年版），收入"中青年名家诗词集"丛书。此集其实是一选本，选自1989年至2006年诗作中。近期将出《莹鉴集》（线装书局版），收录之诗始于2006年初至2013年底，故此集不收。多年来，蒙师友赐诗词四百多首，勉励、友谊均有之，选录少许以见勖砺之谊。

　　甲午之春，颇为欣慰的是吕梁松先生慨允为我出版此集，感激之情难以尽表。更企盼的是，读者对拙集的批评指正，我将洗耳恭听之。

　　　　　　　　写于青山湖畔泊如斋时在2014年5月1日

目　录

总　序································郑欣淼 1
自　序····································1

帆影诗辑

乘船往砂山作工····························1
风大作不眠而起····························1
砂山感怀，时往蓼花乡······················1
游梯云塔遗址······························2
咏　春····································2
沙岭登高··································3
路遇一女子，闻其身世有感··················3
劳作休息横卧岭头作························4
眺望星子县城作二首························4
再赋三首··································5
咏　春····································6
感怀五绝三首······························6
型砂矿劳作口号····························7
　　（一）································7
　　（二）································7
　　（三）································8
感　怀····································8
身世叹····································9

归家途中经东牯岭下 …………………………………… 9
赴九江途中 ……………………………………………… 10
九江金鸡坡寻友人不遇 ………………………………… 10
审四人帮有感 …………………………………………… 11
庐山牯岭与众同学联欢 ………………………………… 11
九江县中实习月余有感 ………………………………… 11
同窗毕业别 ……………………………………………… 12
秀峰龙潭 ………………………………………………… 12
落星石 …………………………………………………… 12
观《丝路花雨》英娘剧照 ……………………………… 13
隔壁听张政老师讲课之音 ……………………………… 13
电影《杜十娘》观后 …………………………………… 13
《天仙配》观后感赋二绝 ……………………………… 14
国凡师步梅县女子以诗征婚韵，亦用其韵奉和二律 …… 14
秀峰南唐中主李璟读书台 ……………………………… 15
夜过造船厂偶窥电焊作业 ……………………………… 15
落星湖观风浪大作 ……………………………………… 16
庐山垄中行 ……………………………………………… 16
修县志言志 ……………………………………………… 17
梅岭登高，其时参加省方志讲习班 …………………… 17
乘火车至南昌途中所见 ………………………………… 18
观张大千《秋山林屋图》 ……………………………… 18
多瓣桃 …………………………………………………… 18
寄谭思建 ………………………………………………… 19
咏怀三首 ………………………………………………… 20
师大青蓝亭湖 …………………………………………… 21
庐山山南栖贤寺址 ……………………………………… 21

纪念陶渊明任彭泽县令一千五百周年	22
途经云居山下	23
师大校园泡桐花	23
端阳节怀人	23
奉呈段德虞县长，蒙其调县府为秘书，委以县志主编，赋此志感	24
喜秦建村来访，告以赴省委党校学习	25
朱熹学术讨论会在秀峰召开	25
洛阳行	25
夜宿西安城郊	26
骊山华清池	26
游西安兴庆宫	27
秦兵马俑博物馆铜车马	27
乾陵永泰公主墓室壁宫女捕蝉图	27
城楼如此迎宾	28
访西山曹雪芹故居	28
济南大明湖喷泉	28
津浦途中下车登泰山	28
陶今雁先生以其青年时代诗作赠予感而赋之	29
陶今雁先生邀予赴公园观菊，适有事不得往，因步其韵	29
周平迅先生以自编《逝波集》见赠，其生平志向读而可知	30
无　题	30
菊展三绝	31
庐山东线抗战纪事歌	31
七学友歌，四句写一人，嵌其姓	32

哀大兴安岭大火灾……………………………………… 33
绳金塔下宴别谭耀炬学兄之赣州………………………… 34
师大中文系同乡毕业赠言………………………………… 34
鄱湖吟草…………………………………………………… 35
  出　航…………………………………………… 35
  过蚌湖…………………………………………… 35
  过杨柳津河……………………………………… 35
  左蠡老爷庙……………………………………… 36
萍乡安源煤矿竹枝词四首………………………………… 36
宜春台……………………………………………………… 37
化成岩兼怀李德裕、张自烈……………………………… 37
宜春化成岩观李德裕诗碑………………………………… 38
访宜黄县政协与诸诗友…………………………………… 38
论诗二绝…………………………………………………… 38
读徐善加《养素斋诗词》………………………………… 39
江钢行……………………………………………………… 39
胡守仁先生八十寿辰诸弟子聚会共伸南山之祝………… 40
石天行社长赠予《惜余诗草》感赋……………………… 40
冠良姐夫全家自德安迁回韶关二十年，
  适逢新春赋此代柬…………………………………… 41
感　事……………………………………………………… 41
咏湖口石钟山……………………………………………… 41
谷雨诗会有感……………………………………………… 43
大雁塔畅想曲……………………………………………… 43
重修滕王阁感怀二首……………………………………… 44
熊盛元兄以《晦窗吟稿》见示感赋……………………… 45
无奈吟二首………………………………………………… 45

纪念南昌解放四十周年遵嘱作…………………………… 46
诗人节有江西蚕桑场之聚………………………………… 46
参加九江师专七八级中文班同学聚会…………………… 47
文天祥赞…………………………………………………… 47
忆"文革"浩劫中………………………………………… 47
民政局长之福利车………………………………………… 48
给县级干部发地价优待券………………………………… 48
世　态……………………………………………………… 48
杜门在家电扇轻吹恰整理古籍时………………………… 48
江西诗词学会成立纪事…………………………………… 49
贺宜丰诗社成立…………………………………………… 49
游宜丰县魁星塔…………………………………………… 50
游湾里区登西山…………………………………………… 50
　　（一）………………………………………………… 50
　　（二）………………………………………………… 51
　　（三）………………………………………………… 51
游人民公园兰室…………………………………………… 51
黎明过市八一广场乘车往铜鼓贺诗社成立……………… 51
姚公骞院长迎其兄一苇先生自台归赣感赋……………… 52
正月初四乘车观雪………………………………………… 52
独　行……………………………………………………… 53
贺新余诗社成立…………………………………………… 53
为老年文艺家协会成立作………………………………… 53
江西蚕桑场赞……………………………………………… 54
桑海药厂端午诗会三首…………………………………… 54
赠福建古田陈禅心先生…………………………………… 55
贺湖北黄梅县诗社成立…………………………………… 55

雨后憩新余市委宾馆 …………………………………… 56

题卜氏所绘仕女图三绝 ………………………………… 56

青原山净居寺 …………………………………………… 57

咏　莲 …………………………………………………… 57

庐山太乙村吟草 ………………………………………… 57

　　德安往星子途中 …………………………………… 57

归星子县城两绝 ………………………………………… 58

　　栖贤谷 ……………………………………………… 58

　　太乙村即景 ………………………………………… 58

　　太乙村眺望 ………………………………………… 59

太乙村旁观峰峦在云雾中变幻二绝 …………………… 59

太乙村下闲居二首 ……………………………………… 60

自　嘲 …………………………………………………… 60

上饶诗词学会成立感赋用朱熹韵 ……………………… 61

又 ………………………………………………………… 61

返南昌途中晨登龟峰 …………………………………… 61

重九在鹰潭观老人节演出会并参加重阳诗会 ………… 62

游龙虎山张天师府 ……………………………………… 62

泛舟龙虎山仙水岩悬棺之下 …………………………… 63

重阳诗会赞江西汽车制造厂巨变 ……………………… 63

医院疗病 ………………………………………………… 64

住院二绝 ………………………………………………… 64

挽琴江诗社江山社长 …………………………………… 65

纪念抗日名将张自忠百岁冥诞 ………………………… 65

贺上海青年诗社成立一周年 …………………………… 65

赠陈铭华 ………………………………………………… 66

观亚运会安塞鼓表演 …………………………………… 66

中国跳水运动员夺冠 …………………………………… 66

中国自行车运动员夺冠 ………………………………… 66

绍兴东湖 ………………………………………………… 67

挽福建诗词学会会长黄寿祺先生 ……………………… 67

青岛吟草 ………………………………………………… 68

  青岛小鱼山凭眺 …………………………………… 68

  参观青岛水族馆口占二绝 ………………………… 68

  过康有为故居 ……………………………………… 69

  参加青岛中华诗词学会常务理事扩大会议感赋 …… 69

  青岛阔别有怀海南周济夫兄 ……………………… 70

台湾中兴大学黄大受表伯归南昌与弟妹相会，

  予在座赋呈 …………………………………………… 70

黄山、九华山行吟草 …………………………………… 71

  车过安徽祁门 ……………………………………… 71

  黄山北海行 ………………………………………… 71

  九华山 ……………………………………………… 72

上饶、武夷行吟草 ……………………………………… 72

  德兴途中过少华山 ………………………………… 72

  带湖访稼轩旧址 …………………………………… 72

  过稼轩墓口占 ……………………………………… 73

  鹅湖书院感稼轩、同甫相会事 …………………… 73

  稼轩瓢泉口占 ……………………………………… 73

  闽北道中 …………………………………………… 73

  武夷精舍，即朱熹隐居讲学处 …………………… 74

  登天游峰寻桃源洞而返 …………………………… 74

  九曲溪坐竹排 ……………………………………… 74

多国部队与伊拉克军开战 ……………………………… 75

奉新县成立晚晴诗社，冰云兄属题 …………………… 75
参加清江诗社年会 ………………………………………… 76
樟树制药厂赞 ……………………………………………… 76
悼李一氓老前辈 …………………………………………… 76
奉和孔凡章诗丈迎春漫兴韵三首 ………………………… 77
哀已故江西诗词学会副会长盛朴老 ……………………… 78
胡恺先生携予祖雪抱公《昭琴馆诗存》在台北刊行，
　　嘉惠诗界 ……………………………………………… 78
德兴撤县设市遵嘱作 ……………………………………… 78
敬步胡守仁师原玉 ………………………………………… 79
附：赠熊盛元、胡迎建 …………………………………… 79
陶今雁师屡惠瑶章用其尤韵答谢 ………………………… 80
桑海集团张建华先生与予交经年，
　　其诗集梓行遵嘱赋赠 ………………………………… 80
咏济南市解放阁 …………………………………………… 80
题罗德珏《愚园诗钞》 …………………………………… 81
论晏殊词，时逢其诞辰千年 ……………………………… 81
岭南行草 …………………………………………………… 81
　　罗浮山麓军营游 ……………………………………… 81
　　罗浮山度假村诸诗友雅集 …………………………… 82
　　罗浮山新修年首寺，僻游人难至 …………………… 82
　　夜行广州人民南路见珠江一角 ……………………… 82
　　赠深圳大学丘海洲先生 ……………………………… 82
　　火车将到韶关 ………………………………………… 83
　　游曲江县狮子岩 ……………………………………… 83
毕彩云女史嘱和《无题》诗勉步其韵 …………………… 84
为当今"况钟"叹 ………………………………………… 84

题吴柏森先生《遂初集》	85
黄尔昌表叔六十大寿赋此为赠	86
抚州诗社成立赋柏梁体一章	86
九江屈原杯龙舟赛三绝	87
迎春曲步孔凡章先生韵五首	88
孔凡章老《回舟三集》嘱题	89
（一）	89
（二）	90
（三）	90
（四）	90
瓷都行	91
肇庆征诗咏七星岩	92
浮云酒赋	92
陕蜀行吟草	93
晨登西岳华山观日出	93
陕西历史博物馆观感	93
成都杜甫草堂	94
琴　台	94
成都百花潭	94
登峨眉山遇雨雾	94
乘轮过长江三峡	95
出三峡过葛洲坝	95
武宁吟	95
（一）	95
（二）	96
（三）	96
送别林从龙先生	96

题黄道周画像…………………………………………97
云南安宁楠园落成征诗…………………………………97
原纺织工业部长李竹平八十大寿敬赋……………………97
闽南行吟草………………………………………………98
　　南安市诗词吟诵艺术研讨会期间访贵溪村…………98
　　游九日山………………………………………………98
　　厦门炮台………………………………………………99
　　鼓浪屿…………………………………………………99
鼓浪屿远眺二首…………………………………………100
为奉新《百丈诗征》题辞赠冰云………………………101
九江长江大桥公路桥通车典礼…………………………101
龙虎山吟草………………………………………………102
　　仙岩揽胜………………………………………………102
　　观棺台…………………………………………………102
　　悬棺吊装表演…………………………………………102
　　天女献花台……………………………………………102
　　仙桃峰与猴子石………………………………………103
　　僧尼峰与莲花石………………………………………103
　　诗友合影………………………………………………103
省图书馆创收……………………………………………103
弃女婴……………………………………………………104
凌公骥飞招邀宴坐………………………………………104
题苏州徐步云《百福图》《百寿图》…………………105
题吴建威先生纪念册……………………………………105
四十初度咏怀两律………………………………………105
鄱阳湖白鹤………………………………………………106
乘车过赣北平原所见……………………………………107

贺江西文史馆建馆四十周年……107
安徽铜陵杏山葛仙洞……107
沪上杨凤生吟长惠诗用《春申雅聚抒怀》原玉奉和……108
为王咨臣先生题《白云董垅课读图》……108
欢迎日本《吟咏新风》主编大井清先生来江西……109
溪霞水库，坝外有铁拐李悬石……109
春来喜接海上陈德剑诗依韵奉和……109
奉和孔凡章诗丈甲戌迎春曲……110

湖星诗辑

三清山吟草……113
  德兴汾水出发……113
  登　山……113
  少华福地有三清宫、龙虎殿、貔貅松……113
  夜宿三清观……113
  玉京峰极顶望远……114
  巨蟒女神石……114
  日上庄观奇峰并观音现指峰……114
贺都昌诗词学会成立……115
刘引自武昌归来，以跛足创办爱心之家……115
贺愚园老人九秩大寿……115
挽张毓昆诗座……116
祸训……116
读陈三立靖庐诗作慨然感赋三绝……116
江西诗词学会二代会在新余钢铁公司召开致贺……117
新余仙女湖龙王岛眺望……118
石天行病逝杭州灵骨运回南昌赋此致哀……118

第二届中青年诗词研讨会期间游清远飞来峡……………118
傅周海工艺师嘱题自画像二绝……………………………119
赠青年画家王小波…………………………………………119
贺徐麟先生《生物韵文》问世……………………………119
香烟组诗……………………………………………………120
  赣　牌…………………………………………………120
  南昌牌…………………………………………………120
  南方牌…………………………………………………120
  鸳鸯喜牌………………………………………………120
  百花洲牌………………………………………………121
  赣州桥牌………………………………………………121
  瓷都牌…………………………………………………121
十字路口交警………………………………………………121
端阳雅集金牛企业集团……………………………………121
题李宗章《白云堂诗词稿》………………………………122
悼南宋名臣，邑先贤江万里………………………………122
悼都昌吴楚英，为吾祖父之弟子…………………………123
悼上犹诗社副社长刘欲善…………………………………123
居定山外办招待所，应邀撰写《中华正气歌》…………123
《中华正气歌》人物咏赞…………………………………124
  王安石…………………………………………………124
  戚继光…………………………………………………124
  陈化成…………………………………………………124
  黄花岗七十二烈士……………………………………124
  叶挺颂…………………………………………………125
江西美术出版社邀数人为《正气歌》作注释，
  时居农业大厦…………………………………………125

观彭友善、吴惠生夫妇诗书画展……125
邓志瑗师八十大寿，原玉奉和兼慰丧偶之痛……126
八桂行吟草……126
  游桂林象山……126
  广西宜州壮族山寨风情一日游……127
黄庭坚学术研讨会在宜州召开，睹奇峰有怀黄山谷……127
  自宜州往柳州途中观奇峰竞耸……127
父患帕金森综合症五载苦不堪言来昌半年即思回星子……128
哀吴孟复先生……129
贺石城琴江诗社成立五周年……129
福建天寿禅寺兴建感赋……130
重阳后一日游宝峰寺，过小湾水电站即古之泐潭地……130
靖安诗会即席用卢社长原玉奉和……130
梦游西塞山以应征……131
参加江万里揭碑仪式并登南山极顶二首……131
四十三初度适元旦后二日……132
丙子迎春曲，步姚平诗家原玉……133
丙子元宵诗会雅集民星集团……133
挽省图书馆专家、省古籍整理小组成员熊飞先生……134
海上陈德剑嘱题其集用其原玉奉赠……134
谷雨九岭诗会在樟树市召开，即席口占……134
谷雨后一日游阁皂山……135
《珠山吟友》汇编在即，爰遵主编吴健民世兄嘱敬题……135
张家界吟草……136
  游天子山，时逢大雨如注……136
  赫曦台观云海……136
  水绕四门……137

自水绕四门入金鞭溪……………………………137
　　九天洞，为亚洲第一大溶洞………………………137
　　天子山……………………………………………138
题星子项亚平先生诗集…………………………………138
夏凉戏作…………………………………………………139
与自振兄同游麻姑山……………………………………139
甘肃行吟草………………………………………………140
　　陇上引水行………………………………………140
　　观引大入秦工程…………………………………141
　　庄浪河渡槽………………………………………141
　　天堂寺引水渠首…………………………………142
　　游兴龙山时在午后………………………………142
火车过郑州………………………………………………142
游岳麓山过书院，毛泽东年轻时潜修于此……………143
北京柘潭寺，时居门头沟参加诗会……………………143
游香山寺…………………………………………………144
访北京北兵马司17号，为中华诗词学会会址 ………144
井冈山五龙潭……………………………………………144
井冈山奇虹峡……………………………………………145
刘中天先生惠赐铜鼓特产竹席，诗以谢之……………145
崇艺世兄影印黄养和《镂冰室诗》属题………………146
题陈庆元教授所著《福建文学发展史》………………146
送学兄邹自振归闽就教福州师专………………………146
姚江诗社成立十周年感赋………………………………147
悼邓公小平………………………………………………147
题龚春蕾《金鸡集》……………………………………147
　有　　感………………………………………………148

宜春地区丙子重阳诗会……………………………………148
白居易谪居江州,挚爱庐山,后升忠州刺史而去,
　际此去世1150年感赋 ……………………………148
南宋刘琦尝建不世之功,终亦投闲置散,赋此志感……149
贵州黄果树大瀑布……………………………………149
元宵夜忆春后别故里父母……………………………150
吕小薇《竹村剩稿》梓行,择日招饮书城饭庄,
　姚公云不可无诗,步周壑老韵奉赠一律…………151
广东《当代诗词》创刊十五周年征诗感赋…………151
荆州天问阁遐思………………………………………152
题广西萧瑶《逍遥山庄诗稿续集》…………………152
西山吟草………………………………………………153
　观脚鱼潭,时降大雨………………………………153
　洗药湖………………………………………………153
　　(一)……………………………………………153
　　(二)……………………………………………153
　西山观景台,日本歧阜县与江西省共建…………154
　　(一)……………………………………………154
　　(二)……………………………………………154
　铜源港………………………………………………154
送父母归星子故里……………………………………155
过县砂石公司,当年一、二把手死,高楼破落………155
车过县城北二十前年玻璃厂旧址……………………155
乘车往牯岭参加匡庐诗会……………………………155
在小天池遇一女子,疑为失恋者,幽怨非常…………156
骆昌兰中医师来访,别后仅数月即逝,
　用其《古稀述怀》原韵以志哀……………………156

香港百年悲欢吟……………………………………………156
京九通车行…………………………………………………157
奉陪胡恺丈夜访华林书院遗址，冰云等七人同行………158
青柯亭吊赵知府为刻《聊斋志异》………………………158
观邓云珊滕王阁竹刻书法楹联作品展……………………159
新钢诗社成立十周年致贺…………………………………159
南昌竹枝词六首……………………………………………160
修人师九十大寿赋此志感…………………………………161
余干瑞洪中学校庆赋此致贺………………………………162
咏八大山人…………………………………………………162
奉新百丈酒咏赞……………………………………………162
下午乘车前往修水县参加谷雨诗会，晚九时至…………163
游千佛山……………………………………………………163
谒齐鲁书社鲍思陶兄，相聚酒楼，大慰平生仰望之渴…164
台北陈庆煌教授赐寄《五十初度》诗并嘱奉和…………164
景德镇吟草…………………………………………………165
　　庆新兄邀予来登大游山，驱车百里至南麓…………165
　　大游山遇险行……………………………………………165
谒吴健民兄，大慰平生，谊溯三代，臂把一朝，
　　遵嘱再题《珠山吟友》第三辑………………………166
　　拜谒戴荣华先生，蒙赠牡丹图有感……………………167
上海社科院四十周年华诞，陪尹世洪院长往景德镇订庆贺瓷
　　盘，题诗其上……………………………………………167
游庐山锦绣谷………………………………………………167
含鄱口乘缆车有感…………………………………………168
观九江长江大堤决口处……………………………………168
邓志瑗先生嘱题《梦樵诗文集》，用其韵以志感………168

题胡亚贤老《心潮余韵》……169
游宜丰洞山普利寺，过逢渠桥、夜合门，瞻罗汉松，
　　流连寺殿而返……169
周禹嘱题《临川晦人诗词钞》……169
参加迁谪文学研讨会期间，过王昌龄芙蓉楼……170
参观芷江机场，当年盟军飞机在此起飞与日军搏击……170
湖口刘文政先生诗文集将出版，
　　恭用其六十初度原韵奉和……170
咏电脑写作……171
花事杂咏……171
　　牵牛花……171
　　四季桂……171
　　万年青……171
　　五星花藤（即茑萝）……172
　　题自画莲梅……172
瑞洪镇成立诗书画协会，尔来一年大有成矣……172
梦游巍宝山观茶花……172
翠岩寺明空法师招集赣江宾馆清韵轩茶道……173
临川金溪召开陆九渊学术研讨会，前往感赋两绝……173
国凡先生与予曾在星子中学执教，谊交多年，
　　今其诗集编毕，赋诗藉表微衷……174
西山翠岩寺住持既修梵刹毕，
　　又发大愿力创办《禅悦》杂志以弘法……174
扬州行吟草……174
省社科院派予赴扬州大学中国文化研究所，
　　访博导王小盾教授有感……174
　　王小盾教授自扬州书店购《四部丛刊》……175

瘦西湖……………………………………………………175
虹　桥……………………………………………………175
梧桐花……………………………………………………176
琼　花……………………………………………………176
梅岭史公祠………………………………………………176
镇江金山寺，古代山峙江中，今与城连………………177
扬州大明寺栖灵塔焚毁于晚唐，1991年重建，
　　登塔四顾苍茫，赋柏梁体以记之……………………177
为张志安教授艺术作品展题赠……………………………178
为江西老同志大学中文系专修班毕业赋赠一律，
　　余曾任课半载…………………………………………178
题余干康郎山忠臣庙………………………………………178
程君欣荣为圭峰苦吟，频年来奚囊渐饱，付梓在即，
　　遵嘱敬赋一绝…………………………………………179
随禅宗祖庭考察团至百丈山寺，寺倚大雄山……………179
夜食芒果，
　　忆当年毛泽东以非洲一国总统所赠转送工宣队……179
西南行吟草…………………………………………………180
　　南岳登高歌……………………………………………180
　　注永兴县江飘流，初乘皮筏，后改乘游艇…………181
　　观音岩前临郴江，江中有石如狮……………………182
　　过贵阳城郊黔灵公园，中有麒麟洞…………………182
　　玉溪与会期间，结识赣籍王秀成老人，
　　　　聆其吐露身世，感慨系之………………………183
　　过大理，徘徊苍山洱海观白族风情…………………183
　　丽江万古楼……………………………………………184
　　云杉坪…………………………………………………185

虎跳峡在玉龙、哈巴两峰间，险绝异常…………185
丽江小旅店夜思……………………………………186
昆明世博园登楼凭眺………………………………186
憩粤晖园……………………………………………186
路南石林……………………………………………187
建国五十周年志庆怀邓小平…………………………187
江西金圣杯书法展观后志感…………………………187
石朗先生擅画山水，气格高古，年过八旬，
　犹不废丹青……………………………………188
傅周海大师病逝于渭南，其妻哀泣数月，诗以慰之……188
应邀前往祝贺九江师专诗词学会成立………………188
德虞部长任星子县长多年，予在麾下睹其风仪，
　今其诗集将刊赋赠……………………………189
张炜《梅园吟唱》刊行在即，赋此志庆……………189
桂林唐甲元吟长诗集即将刊行，敬赋一绝用其原玉……189
霍松林教授从教六十年暨八十大寿征诗感赋…………190
世界语学会秘书长张学苏招邀笔会，多艺坛高手，
　时在柴门霍大诞辰……………………………190
电视台主持人邹卫工造像，有类吴道子，
　今与章洁缔百年之好，赋此以贺………………190
新世纪初，院、会联欢晚会有感而作………………191
番禺何永沂先生著有《点灯集》，惠诗两绝
　，奉赠一律……………………………………191
台北陈庆煌教授惠诗多首，敬用其宝峰寺韵奉和……191
纪念汤显祖诞辰七百五十周年………………………192
余老、姚公，学界哲人，赣学干城，忽闻同一夜仙逝，
　赋此悼之………………………………………192

梦游宁夏沙湖吟得七律两首 …………………………193
余福智师从匡庐下，相晤江西饭店，与谈《周易》精蕴，
　　归佛山后惠诗，用其真韵赋答 ……………………194
江西美术出版社编辑出版《八大山人全集》，
　　予参预其事感赋 ……………………………………194
游深圳世界之窗，登埃菲尔铁塔 ……………………195
赴南京中国第二历史档案馆查阅资料，居蒙古王饭店 …196
　　（一）…………………………………………………196
　　（二）…………………………………………………196
游鸡鸣寺，寻胭脂井，即陈后主与张丽华坠避隋军处 …196
登南通狼山 ……………………………………………197
访幽兰 …………………………………………………197
登丰城玉华山 …………………………………………198
敬贺朱子学与廿一世纪国际学术研讨会召开 …………198
赣南诗词学会成立喜赋用李太白《古风》韵 …………199
题封缸酒 ………………………………………………199
与《国民党江西省组织志》编写组同人往游梅陂 ………200
悼北大陈贻焮教授，忆1993年龙虎山诗会同泛仙水岩 …200
　　（一）…………………………………………………200
　　（二）…………………………………………………200
题江南雅居南昌万福园 ………………………………201
题哈尔滨张琢女士《锦云集》 …………………………201
旅皖吟草 ………………………………………………201
　　车过庐山西麓，其东乃予之故乡星子县 ……………201
　　参观安徽名人纪念馆，以蜡像为主 …………………202
　　逍遥津怀张辽 …………………………………………202
　　谒包公祠 ………………………………………………202

无题三首……202
赣文化与新世纪论坛召开有感用龚自珍韵……203
参观南昌东郊青山湖畔高新科技开发区……203
过古渡口南浦，今已楼厦林立，
　　西南古有白社即徐孺子墓……204
题新建诗社社长张翔云《秋葭集》两绝……204
迁居江西社会科学院高知楼有感……205
题程欣荣《龟峰联语》……205
黄梅吟草……205
　　参加四祖寺禅学夏令营期间登破额山……205
　　夏令营组织行脚云居山真如寺，访虚云大师遗躅……206
　　听净慧法师叙虚云大师当年在云居山旧事有感……206
青蓝嘱题其《风的问候》诗集……206
张宜武嘱题三人合集《清河帆影集》……207
读邓文珊《七十抒怀》步原玉奉和……207
沪浙吟草……207
　　辛亥革命与南社学术研讨会在上海金山召开感赋……207
　　桐庐富春江七里泷……208
严光钓台在富春江湾，非乘游艇入内则不得观瞻，
　　久俟未开船怅然返……208
　　游千岛湖登好运岛再泛舟湖上……208
重九南昌天香园笔会……209
游天香园再赠天香园主……209
潮州吟草……210
　　重九后三日上午谒潮州韩祠有感，祠在笔架山中……210
　　日暮时分参观淡浮院，为潮籍泰侨归乡所建……210
　　谒饶宗颐学术馆，在潮州城中……211

潮州三日得识陈惠佳先生，
　　奉读《望海楼集》感赠……………………211
霍松林先生惠寄唐音集五册，
　　用陈后山诗韵赋两律以志向往之情…………211
轩辕庙遐思………………………………………212
江心清老先生嘱题鄱阳县《白石诗词》…………212
有感美军出兵阿富汗仍未擒拿拉丹事……………212
山东谷世刚先生创作宏富，敬题《歕雪斋吟稿》………213
四十九初度用饶宗颐诗韵，蒙惠赠诗文集………213
南昌新竹枝词四首青山湖治理工程，湖滨建公园………214
南昌胜利路新修步行街……………………………214
女职学校茶艺队表演古代茶艺……………………214
　　唐宫庭茶……………………………………214
　　宋代市井茶…………………………………215
社科院高知楼………………………………………215
社科院内植树建草坪并栽松树……………………215
马年迎春曲用蒸韵二首……………………………215
武功山………………………………………………216
四十九初度用石道达《七十抒怀》原玉奉和……216
无题两首……………………………………………217
登河源龟山塔，下有恐龙博物馆…………………217
赣州通天岩行………………………………………218
王士权先生赠《陆晶清传》，敬谢并贺续弦世欣………219
春寒行………………………………………………219

雁鸣诗辑

午后游青山湖东畔燕鸣岛公园，中有欧洲风情园………223
游青山湖相思林……………………………………………223
三门峡………………………………………………………224
壶口行………………………………………………………224
江东吟草……………………………………………………225
  南京清凉山龚贤画师扫叶楼…………………………225
  游北固山多景楼、甘露寺……………………………226
  与越兮偕游北固山……………………………………226
  访焦山碑园过乾隆行宫，赋呈蒋光年、于文清兄…226
  访武进南宅访王鉴风词家……………………………226
  自南宅镇越城湾山往游太湖…………………………227
澄霞诗社社长李仲玉八十二岁自寿诗征和………………227
贺九江诗词学会第五届会员代表大会召开………………228
题傅占魁编《二十世纪诗词精华》………………………228
纪念清朝施琅将军遵嘱作…………………………………228
台湾行吟草…………………………………………………229
  东航飞机降落香港大屿山机场………………………229
  夜自台湾桃园机场至淡江大学………………………229
  淡江大学觉生国际会场四望…………………………229
  台北市长竞选拉票……………………………………229
  阳明山感兴二律………………………………………230
  台北东北角野柳………………………………………231
  答赣籍台胞龚嘉英先生用其原玉……………………231
雪景两首……………………………………………………232
答南京吴小铁先生…………………………………………232
无 题……………………………………………………232

五十初度用曹操《短歌行》韵…………………………………233
史学大师陈寅恪骨灰今春归葬庐山植物园，
　　冥诞日举行揭碑仪式………………………………………234
申报重点学科有感……………………………………………234
朱仙镇悼岳飞…………………………………………………234
刘膺爀继《滤渣诗抄》后有新集梓行，赋此致贺……………235
游承德避暑山庄………………………………………………235
济南谷世刚《稀龄吟》征和敬步一律………………………235
步钱时霖先生诗韵自咏………………………………………236
台北陈庆煌教授母林太夫人逝，驰函告哀，诗以志慨…236
吉林吟草………………………………………………………236
　　净月潭国家森林公园……………………………………236
　　游丰满水电站、松花湖、五虎岭………………………237
　　长白山天池行……………………………………………237
　　赠长白山诗社秋枫主编…………………………………238
长白山诗会遇潘慎先生以《七十初度自寿诗》
　　征和敬赋一律……………………………………………238
秦皇岛吟草……………………………………………………239
　　参加北戴河第十七届中华诗词研讨会有感……………239
　　游山海关，时逢大风雨…………………………………239
　　老龙头……………………………………………………240
过谭嗣同故居菊石书屋，
　　是时参加中华诗词学会浏阳工作会议…………………241
观常德诗墙……………………………………………………241
题丘海洲兄《观云楼集》，初交于羊、鹏二城，
　　迄今一星纪矣……………………………………………241
赴婺源诗词学会重阳雅集……………………………………242

（一）……………………………………………………242
　　　（二）……………………………………………………242
武功山吟草…………………………………………………243
　　登　山……………………………………………………243
　　高山草甸…………………………………………………243
　　金顶观日落………………………………………………243
　　次晨金顶观日出…………………………………………244
　　赠芦溪月池山庄主人……………………………………244
张炜《七十闲吟》征和敬和…………………………………244
陪晨崧部长赴靖安考察诗词之乡，自三爪仑至罗湾乡…244
霍邱何怀玉诗集出版，赋诗致贺……………………………245
李茂垠夫人李玉梅六十寿诞，遵嘱作………………………245
晋祠神游曲赠难老诗社………………………………………245
题安义《文峰诗词》…………………………………………246
赠吴斌博士，时自东京返，将赴哈佛大学深造……………246
胡恺叔公自台湾返都昌故里，时逢九十米寿，
　　赋此致贺…………………………………………………247
鄱阳县芝山公园登高，时在谷雨诗会前一日………………247
夜游城西杨柳湖景区仿古城，实为防洪大堤也……………248
延庆县杏花咏赞………………………………………………248
西安城荐福寺小雁塔…………………………………………249
省科技厅长李国强乃予当年领导，
　　惠赠近著《官学之间》有感……………………………249
秦皇岛市碣石诗词学会成立二十周年感赋…………………250
纪念王渔洋诞辰三百七十周年感赋…………………………250
登翠微峰顶，寻易堂遗址慨然有感…………………………251
金精洞戏作……………………………………………………251

《中华诗词》创刊十周年感赋……………………252
星子县五柳诗社成立二十周年，赋七古志感………252
咏风筝，遵毛静嘱作……………………………252
贺戴云蒸先生八十寿辰，用原玉奉和………………253
浙东吟草………………………………………253
  绍兴兰亭………………………………253
  诸暨西施故里，李国林女史、鲁信先生导游………254
  游五泄国家森林公园……………………254
  陈三立墓在杭州九溪牌坊山，同逸明、
   东遨兄前往凭吊……………………255
  西 溪……………………………………255
  游西溪用东遨、逸明兄原玉………………255
钱明锵先生痛失女儿，闻讯伤悼，诗以慰之…………256
游白马湖药山，在此参加中华诗词学会常务理事会 …256
菲律宾许道源先生嘱题第六届菲中诗书画神墨展，
  用其原玉……………………………………256
范坚先生招集作家、学者于梅湖别墅，在八大山人馆对岸，
  赋此志感……………………………………257
靖安长灵寺重阳雅集因事未往致贺…………………257
第四次全国中青年诗会在井冈山召开在即，操办有感…257
象山庵，毛泽东与贺子珍结婚处……………………258
赴景德镇应邀作千年庆典诗词大赛评委感赋…………258
安义诗社举办南安国道开通诗书画展嘱题……………258
奉答承德王玉祥兄《南昌赠迎建》……………………259

轻舟诗辑

中华诗词学会举行第二次代表大会赋此致贺……263
奉和梁玉芳女史诗……263
敬亭山……263
读《黄兴传》……264
海啸曲……264
南昌象湖组诗……265
  天鼋矶……265
  章江小渡……265
  象湖万寿宫……265
  象湖万寿塔……266
题荆州乐本金《心花散雨集》……266
斗全、东遨、海洲兄赠上元诗，仍用王安石诗韵奉和…266
斗全、东遨兄先后寄赠唱和诗，用原韵迟复……267
淮安诗词学会会长尚云嘱题新编《淮扬菜系》，
  因忆当年在扬州……267
婺源县农民零负担谷雨诗会在严田古樟园……267
  （一）……267
  （二）……268
  （三）……268
游婺源灵岩洞……268
浮梁瑶里行……268
靖安櫹崖筏游用刘道龙原玉……269
江西历史名人咏赞晋代斩蛟英雄许逊……270
南唐大画家、进贤人董源……270
明代大将军、南昌人刘铤……270
修水县成立诗词学会志贺用元韵……271

往西山万寿宫迎候湖南株州义藏法师说法……271
赠中南雕塑公司总经理谢战粮……271
悼　父……272
哀　父……272
悯　母……273
忆父当年开除公职回家情景……273
三晋吟草……274
　　五台山……274
　　游阳城九仙女湖……274
　　论名相陈廷敬诗……275
题九江廖平东《苦旅驼铃》《溢浦弱水》……276
为甥王志坚题易度设计嵌四字……276
题红谷春天……276
调毛静至我室未遂有感……276
赠景德镇联通公司……277
山东吟草……277
中华诗词十九届研讨会在滨州，参观孙子兵法城、
　　魏家庄园、航空城、枣园……277
　　过雁来红高科技枣园……277
　　青州、潍坊行……278
登青州云门山，过云门洞、上有三清宫、阆风亭……278
　　杨家埠风筝作坊……278
过上清宫，时在龙虎山诗词大赛颁奖期间……279
潘慎、秋枫主编《中华词律辞典》出版，赋此致贺……279
乙酉孟冬胡守仁师逝世，时逢地震日作此悼之……280
奉和邓世广师兄岁末寄怀……281
嵌名诗贺新岁北京黄君……281

河源梁玉芳……281
　　吉林郭长海……282
　　西安张君宽……282
　　西安弓保安……282
　　南昌余伯流……282
　　南昌黄润祥……282
题自画竹二绝……283
丙戌初春读《澄霞诗苑》，知李仲玉先生仙逝，
　　不胜哀婉……283
遵高朝先之嘱敬题《石钟山诗词》……284
游南京梅花山……284
焦山俯瞰……284
梦游浙江温岭长岭硐天……285
咏新千年曙光首照地——石塘……285
龟峰吟草……285
　　龟峰大门……285
　　老人峰……286
　　振衣台四眺……286
　　金钟峰……286
　　遵嘱敬题《弋阳诗词》……286
余干吟草……287
　　夜宿余干宾馆……287
　　游忠臣庙……287
　　在瑞洪遵嘱赋诗赠摄影师涂芳萍……287
咏梅用深圳何春梅原玉奉和……288

附录一：原序辑录······289

《帆影集》自序······289

《帆影集》跋······291

《湖星诗集》自序······293

《湖星诗集》序······295

附录二：题诗赠答（选录）······297

迎建惠赠《近代江西诗话》及
　《江西古文精华·游记卷》报以此诗······297

读《近代江西诗话》赠迎建先生······298

题胡迎建先生《近代江西诗话》······298

　　（一）······298

　　（二）······298

　　（三）······299

读《帆影集》致胡迎建诗丈······299

读胡迎建《帆影集》······299

《帆影集》读后感呈······300

读《帆影集》······300

夜读《近代江西诗话》有感······300

迎建主笔远惠新著《帆影集》赋此答谢······301

读《帆影集》中《四十咏怀》诗，因感其事而怜其志···301

　　（一）······301

　　（二）······302

拜读迎建大著《帆影集》及其先公
　《昭琴馆诗存》有感······302

下庐山访胡迎建······302

喜得迎建兄《帆影集》······303

读《近代江西诗话》有赠作者……303
读胡迎建先生《帆影集》……304
酬胡迎建先生惠《帆影集》……304
赠胡迎建兄……305
奉答诗……305
贺岁卡拜收，甚感高谊，走笔次尊作原韵奉答……306
接南昌胡迎建吟兄壬午贺春诗恭步原韵春寄……306
过南昌……306
集胡迎建1974日记中诗句成诗……307
读《帆影集》与《诗人胡雪抱传》感赋赠胡迎建先生…307
酬迎建先生惠赠《雁鸣集》……308
奉答诗……308
迎建乡兄惠赠大著《湖星诗集》读后抒感……308
胡教授迎建五十大寿出版诗集惠赠，
　　谨步龚稼老韵奉谢……309
谢迎建惠《湖星诗集》……309
酬胡迎建先生惠《湖星诗集》……310
读迎建先生《湖星诗集》赋以谢之……310
接江西社科院迎建研究员来函酬答……310
贺新郎……311
拜读胡迎建先生大札及惠赠《湖星诗集》赋此呈谢……311
读《湖星诗集》呈迎建先生……312
读《湖星诗集》感呈胡迎建先生赐正……312
读《湖星诗集》赠胡迎建兄……313
谢胡迎建方家赠寄《湖星诗集》读后感赋……313
短歌行赠胡迎建……314
读《湖星诗集》呈迎建……315

题胡兄迎建《湖星诗集》……315
谢胡迎建吟长惠赠《湖星诗集》……315
拜读迎建先生《帆影集》《湖星集》赋呈……316
读《轻舟集》有感……316
初读《轻舟集》口占……316
呈迎建先生……317
谢迎建兄惠赠《昭琴馆诗文集笺注》……317
读《晨报》记者专访胡迎建先生有寄……318
  （一）……318
  （二）……318
  （三）……318
返深圳寄胡迎建吟长……319
赠胡迎建方家……319
菩萨蛮……320
读胡迎建师《轻舟集》……320
步韵祝迎建兄合家欢乐……320
龙岩海峡两岸诗词笔会赠胡迎建词长……321
看《身世叹》有感……321
友人呈迎建师《湖星诗集》读后感咏……321
读《雁鸣集》呈胡迎建先生……322
昨晚喜得迎建惠赠《轻舟集》，捧读无眠，满口生香，
  草成一绝以谢……322
元旦敬呈……322
西江月……323
西江月……323
敬赠迎建吟长……324
长安别后呈南昌迎建先生……324

赠江西诗词主编胡迎建师	324
读《轻舟集》并致胡迎建吟长	325
癸巳小暑呈胡迎建会长	325
贺胡迎建老师令旦	325
遥贺胡迎建先生花甲寿诞	326
贺胡迎建先生花甲寿诞	326
贺迎建先生花甲	326
贺胡迎建老师六十大寿	327
后　记	328

帆影诗辑

乘船往砂山作工

岌岌山危压贱躯，湖波滉漾泪凄迷。
荒洲野岸多风浪，几点沙鸥逐浪低。

1973年3月

风大作不眠而起

如墨阴霾锁碧涛，碧涛滚滚不停朝。
何方觅剑铮铮响，夙志未酬枉作豪。

砂山感怀，时往蓼花乡

湖山欣欣意，嫩草黄花映。
我在风沙里，不见有人悯。
今日得偷闲，乘兴步涧岭。
如牛暂歇蹄，窥得松柏影。
磊磊石蔓藤，郁郁翠松挺。
燕子衔泥忙，雁阵翔高迥。
栖栖落魄生，碌碌受阻梗。
高歌为谁作，神思游万仞。

1974年2月8日

游梯云塔遗址

城东一塔高，邑人因自豪。
立根近峭壁，尖顶摩云霄。
下有携手侣，上有群鸦嘈。
雄耸鄱湖滨，远眺不觉遥。
谁驱被揪者，攀高拆砖抛。
吾独游斯地，难遣肺腑烧。
日光垂我影，徘徊踏碎硝。

1974年2月26日

咏 春

冰雪消融日照烘，蠡湖匡岳万象雄。
仰观黄莺鸣林杪，俯掬春云溶水中。
峦岭更新萌嫩绿，园林争放竞鲜红。
忽惊世道沧桑变，莫怪天南地北风。

1974年2月20日

沙岭登高

缓登沙岭望斜川,莽莽苍苍卧霭烟。
家有双亲惭侍菽,身无一技枉成年。
轻牵弱柳翩翩舞,独觅幽花瓣瓣怜。
梦里前途何所有,横江白浪总依然。

1974年3月

路遇一女子,闻其身世有感

闷闷到邮局,少妇坐我边。
求我写申诉,怆然为我言:
吾辈遭不济,下放已经年。
农场煮粗粝,炉门呛饱烟。
一人忙未罢,百人伸手添。
人多后门走,独我伴灶前。
父母救不得,兄弟无奈焉。
此行犹为幸,免于耘泥田。
改节嫁农夫,勤作衣不全。
今日赴千里,年关探家园。
挈童匆整衫,恐悲爷娘前。
语罢惨一笑,凄泪流涟涟。
两人曾不识,皆为世弃嫌。
我虽入工矿,苦役奔湖沿。
日行百余里,夜来枕草眠。

破衣遮疲体，粗食充腹煎。
人生无乐趣，碌碌谋米盐。
久久相抚慰，别时依依怜。

劳作休息横卧岭头作

鹤岭嵯峨险欲倾，浮云绕我滚团行。
林丛灌莽无人至，仰卧溪湾听籁音。

眺望星子县城作二首

（一）

劳苦欲归乡，瞻望思无计。
冥冥落日迟，滚滚波涛起。
秋风挟雨来，使我华颜褪。
冥迷莫辨之，奥妙谁知趣。
岩岸抗狂涛，孤舟泊港僻。
碧山压暗云，清光谁能匿。
繁星渺沙丘，庐山悬素匹。
枚乘文思缓，陈思遭忌讳。
树荫众鸟栖，醯酸而蜹聚。
若露锋芒者，必遭弓矢至。
欲攀月中桂，只恨无双翼。

（二）

凄凄到湖洲，挥手送孤舟。
吾意岂能舍，到此濯清流。
同为遗弃物，仰天独吁忧。
魔掌遮天日，众喙哓不休。
独往而自得，不知已暮秋。
月辉映我心，内蕴万古愁。
峨峰戴絮帽，云影常遮羞。
莫非分封制，即是奴隶俦。

1974年4月2日

再赋三首

（一）

天赋真珠蒙玷淄，掩袖悲君亦自悲。
劳苦奔波肠百曲，可怜瘦面蹙颦眉。

（二）

春风未解少年愁，吹浪摧船缆急收。
欺我出身加迫害，无辜无罪赎难求。

（三）

偶闻海外更繁华，万里魂驰未有涯。
知否此间高压苦，冲冠怒诉罪渊邪。

咏 春

冰雪消融日照烘，蠡湖匡岳相映雄。
仰观黄莺鸣林杪，俯掬春云溶水中。
峦岭更新萌嫩绿，园林争竞绽鲜红。
忽惊世道沧桑变，莫怪天南地北风。

1974年2月20日

感怀五绝三首

（一）

愁怅压心上，迟迟不肯排。
寒衾难入睡，何日笑颜开。

（二）

莽莽九原横，潇潇雨点声。
犹忆交谈语，绵绵未了情。

（三）

南风拂素纱，赤足茧滩沙。
晴翠山光嫩，有心理乱麻。

1974年2月23日

型砂矿劳作口号

（一）

圻洲河道蜿蜒斜，不见家园只见沙。
梦里依稀慈母泪，春晖伴我走天涯。

（二）

吹哨频催倦动身，低低毒日灼头昏。
粗砂磨得茧皮厚，能耐烫砂撒腿奔。

（三）

略饱肚皮又出巢，北风刮地漾砂涛。
衣粘雪籽背粘汗，跄踉拖车过板桥。

1974年8月

感 怀

飒飒寒风灌衣袖，眼望茫茫黯无底。
父母弟妹来相送，心横掉头携行李。
一去百里奔沙滩，牵衣顿足沁珠泪。
何人令我伤离家，纵胆包天难违拒。
去日尚存白肌肤，来时颜悴身褴褛。
天下一般父母心，劝儿珍重莫悲戚。
高声激厉振鸿音，低音沉缓似叹息。
上入九重霄巡游，下潜水底窥怪秘。
吾等孱躯抛尘土，厄运临头甘受辱。
飘摇风送过流星，十里长洲顷刻度。
忽惊老树抽新条，顿悟东君又临朝。
皎皎春月照万物，凄凄衰草盘鹰雕。
波翻浪涌奔何处，岁月如斯几度秋。
二十三年历浩劫，春寒雨冷催人愁。
志怀高远应不渝，奈何年少白发抽。
谁扇蛮风缺懿德，欲携长剑斩魔头。

1974年12月

身世叹

我是匡庐旧樵者，更作星渚挑沙人。
卖力生涯十余载，每忆青春倍伤神。
挥汗推车如蚁奔，扁担磨断多少根。
谁怜孑然落难身，自惭无计走后门。
茫茫鄱湖隔老父，足蒸暑气面憔悴。
喧喧街市有长兄，躬背拖车拚死力。
少时鸿志已成灰，苦囚于此诧何罪。
无处寻芳觅生趣，掩面忍看春将去。
有苦难诉强笑颜，颜悴骨瘦西风里。
夜半孤月伴孤寂，欲寻利剑割愁绪。

1975年

归家途中经东牯岭下

困苦奔波二十三，隔湖每忆老爹难。
家庭变故无权戚，前路黯茫历险滩。
牯岭苍苍横峙岸，残阳赫赫迟归山。
可怜足印行行远，泪溅鄱湖白浪翻。

1975年7月

赴九江途中

翻山越岭光明路,怅别星城转眼无。
此去九江春正好,悬梁刺股苦攻书。

1979年5月

九江金鸡坡寻友人不遇

白日西南坠,黄云西北飞。
寻我知音者,晤谈以疗饥。
渐渐昏灯闪,踽踽沿江湄。
忆昔西窗下,意气峥嵘时。
轻唤羔羊转,指点出沉迷。
犹萦谆谆语,恍见昂昂姿。
百鸟喧春树,万马腾欢驰。
方今拨乱世,君何独采薇。
叩门人不见,未忍落寞归。
江风飕飕冷,冥暗浸四围。

审四人帮有感

狐群狗党苦相逢,作孽多端国法公。
谁是谁非谁定论,亦争亦闹亦如聋。
装腔旗手失腔调,摇扇军师罢扇风。
搅乱乾坤成恶梦,应知河水已移东。

1979年10月

庐山牯岭与众同学联欢

竹影松涛伴月来,争将牯岭作歌台。
杜鹃五月迟迟艳,为映心花笑口开。

1980年5月

九江县中实习月余有感

故园东望隔庐山,隔断乡思日夜间。
梦不成欢惊坐起,卷书屈指几时还。

1980年11月

同窗毕业别

送君南浦尽余杯,赢得春风笑面开。
有限生涯同执教,无穷志气各登台。
花前共看月中桂,别后相怜岭上梅。
浩荡风波千帆过,思君梦里踏歌来。

1981年6月

秀峰龙潭

浅浅深深绿,浓浓淡淡香。
花花银搅雪,滉滉浪摇光。

1981年7月

落星石

盘屈一螺型,何年坠此星。
抗涛真砥柱,疮孔浪花钉。

1981年11月

观《丝路花雨》英娘剧照

反手弹琴意气娇，红绸翻舞柳枝腰。
弯弯眉叶撩玄鬓，淡淡胭脂抹小桃。
丝路逶迤风伴送，真珠璀璨髻轻摇。
声声弦拨深深意，顾盼春光过灞桥。

1982年2月

隔壁听张政老师讲课之音①

断续风飘断续音，微微逗引少年心。
缘何人事多磨难，绿暗红稀哪可寻。
想必依稀潇洒态，青春已作白头新。
梧桐叶落秋来早，桃李满门慰寸心。

1982年3月

【注】
① 张政老师：我读中学时的数学老师，而今为同事。

电影《杜十娘》观后

京都名妓杜家娘，错把痴情付李郎。
泥里莲花空皎洁，坠向清波惹恨长。

1982年4月

《天仙配》观后感赋二绝

(一)

七姐思凡巧织棉，欲依董永怨苍天。
云衣换得雷公怒，不让鸳鸯自在眠。

(二)

铺愁撒恨尽滔滔，回望人间万里遥。
无限伤心珠泪涌，倾盆沧海起风涛。

1982年4月

国凡师步梅县女子以诗征婚韵，亦用其韵奉和二律

(一)

琴韵若无报讯牵，茫茫尘海错姻缘。
梧桐叶碧枝栖凤，湖港水清鱼戏莲。
倩女离魂痴情切，梦梅发冢笃志坚。
锦书飞过梅关远，莫使嫦娥久作仙。

(二)

引蔓兔丝袅娜牵，千缠万绕欲攀缘。
沈园莫写钗头凤，牛府犹思并蒂莲。
月影犹清神不定，山盟未渝爱须坚。
此心可待成追忆，只羡文君不羡仙。

秀峰南唐中主李璟读书台

中主风华何处寻，读书台下翠森森。
叠嶂远近碧青色，黄鹂高低甜脆音。
愁起西风空坠泪，屈从天水渐寒心。
江南锦丽归谁手，强悍功夫逊北兵。

1982年6月

夜过造船厂偶窥电焊作业

星花火点跳湖中，紫电冲天耀夜空。
忽有轰隆雷贯耳，传来笑语震艨艟。

1983年1月

落星湖观风浪大作

云压庐峰风弄月,茫茫浪拍落星石。
狂飚更驾浪排山,三两降帆归港泊。

庐山垄中行[①]

层峰连绵路无尘,贪看峡谷桃源春。
窈窕村姑肤凝脂,为我指路情纯真。
暮霭沉沉投上垄,三家村舍燃炊薪。
少年同学依稀认,新笋炒韭酒斟频。
莹莹月色霜华浓,开窗近看汉阳峰。
昂昂峰巅天风落,百怪魔头俯朝宗。
明旦径访谷帘水[②],突兀巨崖倚碧空。
溅玉奔珠闪璀璨,千丝万缕鸣淙淙。
但盼安装机轮转,级级电站争献功。

1983年5月

【注】
① 此行进山查访地名来历。
② 谷帘泉,唐代陆羽品评为"天下第一泉"。

修县志言志

万事不须问，志书伴岁华。
窗前摇翠碧，院外涌喧哗。
无意竞腾达，有心浪洗沙。
手头一枝笔，饭后两杯茶。
追慕风云色，搜寻山水涯。
既念朱夫子，亦思五柳家。
俯临玉涧浅，仰望鼓楼斜。
千古论兴废，一时起悲嗟。
凝神求考证，落纸岂生花。
还与诸君勉，春秋笔法佳。

1983年夏

梅岭登高，其时参加省方志讲习班

俯望层峦似凤翔，竹林密翠拥楼房。
大江泱漭流彭蠡，云气苁葱罩豫章。
两篆洪崖遗漫漶，一枰世局变苍茫。
金风送爽斜晖浴，但欲狂呼瞰八方。

1984年11月

乘火车至南昌途中所见

湿云垂四野,白水满千沟。
风折残荷断,雨催绿稻稠。
白鸥愁振翅,翠竹喜添秋。
万物趋时运,兴衰总不休。

1985年11月

观张大千《秋山林屋图》

幽壑微风动,疏林叶落秋。
水从深罅涌,峰与野云浮。
浅濑环茅屋,高枝立秃鹫。
还怜物外意,须自画中求。

1985年12月

多瓣桃

层葩多瓣桃,暗香满塘飘。
紫白相间出,簇簇如翻涛。
赤蕾如醉唇,白瓣似凝膏。
叶叶争攒聚,枝枝舞夭娇。
夜深饮晶露,晨起微颤摇。
花鲜莫攀折,攀折即枯焦。

1986年2月

寄谭思建①

相聚浔阳江，三年谊同窗。
一朝分袂后，世事两茫茫。
忽闻题榜讯，君独登殿堂。
龙颔探骊珠，瑶圃采佳芳。
屈子行吟地，呕心出琼浆。
笔作龙蛇舞，文章何炜煌。
飘蓬风波转，崎岖走豫章。
西江号道院，自古产栋梁。
赣江奔滔滔，彭蠡浩茫茫。
江豚吞碧浪，其志不可量。
我自居僻邑，浅陋不成邦。
乃鼓勇气上，负笈岚湖旁。
去岁闻音讯，欲访课业忙。
咫尺天涯路，弥珍友情长。

1986年12月

【注】

① 谭思建，为我在九江师专的同学，此年自武昌读研究生毕业后分配江西省教育学院。

咏怀三首

（一）

吾尝自食力，劳作落星湾。
艰难初长大，枉叹天地宽。
辍学一星纪，贾勇考师专。
廿八入县府，编志多周旋。
而立复负笈，新知虚怀填。
资性固已拙，导师不我嫌。
草木萌新绿，往事倏如烟。
惊蹶还坐起，孤枕难成眠。

（二）

蝇利无所恋，惟求学业奠。
暗悯三十余，仍为分数战。
无力穷一经，何能悟新变。
树涧复满绿，眼角爬纹线。

(三)

　　朱颜日渐凋，成就叹遥遥。
　　几番见嘉树，风来亦萧萧。
　　雄材开世纪，我辈何寂寥。
　　睥睨今古事，心上往来潮。

1986年3月

师大青蓝亭湖

　　涓涓泉水贮清池，知有封姨弄碧漪。
　　小苑花繁波涵影，高楼声朗响传陂。
　　依依杨柳东风动，闪闪波光北斗移。
　　才下杏坛舒望眼，相携绕岸咏而归。

1986年4月

庐山山南栖贤寺址

　　凄凉古寺佛灯干，僻谷曾经浩劫残。
　　乱蔓青苔生废址，高枫巨楮咽哀蝉。
　　峰如屏障窥天小，水作虹流入耳寒。
　　山外红尘飞不到，我来幽境四围看。

1986年5月

纪念陶渊明任彭泽县令一千五百周年

幕阜中断庐阜连,磅礴峻伟白云巅。
下有徵士陶元亮,文章节义一身肩。
少时起家为小吏,逢迎跪拜羞腰蜷。
戢枻延目识南岭,行役驰思萦斜川。
解绶去去无留恋,担囊空空好乘船。
奔骏如逃樊笼远,白眼冷看九鼎迁。
悟往追来厌尘网,金刚怒目望中原。
故人车马纷回转,东皋舒啸耕田园。
一杯一杯酒有意,一曲一曲琴无弦。
晴采篱菊倚窗傲,暝游幽谷醉石眠。
远公招邀结莲社,攒眉不肯向华筵。
荷锄带月食难饱,草盛苗稀力尽孱。
地瘠风高螟虫虐,冬寒暑溽饥寒煎。
遥遥帝京不可上,却羡桃源别有天。
黄发垂髫怡然乐,避世乐土无王权。
只笑时人凿混沌,还凭真率写天然。
独标高格风神在,五柳清韵谁能传?

1986年6月

途经云居山下

海昏峙崔巍，磅礴百里围。
瀹濛屯云气，林间日色微。
唐代初说法，佛国增一闱。
迤逦千余载，钟鼓日渐稀。
虚云卓锡杖，重燃慧灯辉。
我来云山下，瞻仰思纷飞。
惜哉未能往，徒然梦依依。

1986年5月

师大校园泡桐花

桐花如铃缀枝头，一树玉瓣闪悠悠。
阴霾连天罩宇宙，雨浸花蔫垂垂愁。
可怜青春萎不振，五月风亦凉飕飕。

1986年5月

端阳节怀人

佳人惠顾逢，怅别青山东。
我心何寂寞，况是端阳中。
推窗翻百感，翘首四望空。
欲书倾慕意，托足无雁鸿。

1986年6月

奉呈段德虞县长，蒙其调县府为秘书，委以县志主编，赋此志感

十年多动乱，万户有忧虞。
飞斾文翁出，雄心子路驱。
清廉施教化，勤慎跋泥涂。
峰壑攀奇峭，湖洲涉沮洳。
资源谋取用，利弊赖兴除。
棋活十乡动，政通万象苏。
迎迓四海客，坐爱一香炉。
秀映龙潭水，波翻彭蠡湖。
修文擢俊彦，撰志用荛樗。
感遇输心力，闭门效史书。
滞思惭傅毅，拙笔愧相如。
负笈离难舍，成编歉尚粗。
只怜查志稿[1]，空抱隋侯珠。
明府今迁调，我思亦远趋。
白云屯牯岭，别梦绕匡庐。

1986年6月

【注】

① 清嘉庆间查振旗编星子县志稿，未刊印，只恐今日吾所主编《星子县志》又蹈前辙矣。

喜秦建村来访,告以赴省委党校学习

宦海已频年,今朝泛学川。
来攻经国术,欲续富民篇。
赣水波声静,西山竹色鲜。
鹓雏添练实,云路定无边。

朱熹学术讨论会在秀峰召开

拾松煮瀑起炉烟,一瓣心香仰大贤。
白练有情飘玉峡,黄岩无语立斜阳。
曾惊昌学千夫指,幸喜精微一脉传。
仿佛流风今又在,丛林雨过更澄鲜。

1986年7月

洛阳行

八方风雨会,千载演兴衰。
入市居无闷,沿途净少埃。
喷泉当要道,珍卉绣圆堆。
雪浪朝天涌,玉鞭分向排。
郊连白马寺,寺筑清凉台。
明帝翻经卷,金人入梦隈。
道源自此播,白马驮经回。
神擘龙门出,水冲伊阙来。

断崖三百尺，石窟万门开。
来世迷愚妄，倾家耗巨财。
柏护关林院，墓高庙堂阶。
桓桓忠将烈，汲汲帝王怀。
难觅绿珠影，重雕金谷牌。
雄城多胜境，规划有新裁。

1986年9月

夜宿西安城郊

河汉东移客子西，夜投郊店听晨鸡。
云帷破漏星辉淡，遗堞俨然野草肥。

1986年9月

骊山华清池

华清温腻洗红颜，遥忆太真舞醉筵。
兵谏亭前犹诧怪，兴亡在此荡风烟。

1986年9月

游西安兴庆宫

空瞻唐殿址，不见汉宫墀。
丹阁薰香散，浅堤新柳垂。
蝶翻留客处，水涨泛舟时。
坠萼谁能拾，凄凉读杜诗。

熊东遨点评："坠萼"句从"落红满地无人扫"来，精华尽得。

秦兵马俑博物馆铜车马

蹴踏五湖春，嘶奔六国嗔。
蹄敲疑裂地，辐转不沾尘。
皇位家传梦，威风铜铸身。
可怜终覆土，不到九州巡。

1986年9月

乾陵永泰公主墓室壁宫女捕蝉图

蝉鸣午昼嘈，惊破梦重霄。
开禁蛾眉舞，出宫绿裾飘。
捕来愁不响，睹久恨无聊。
何若放归去，自由兴致高。

城楼如此迎宾

钟休鼓罢遥相望,楼阁云阶不可上。
岗卫躬迎碧眼人,内宾裹足何惆怅。

访西山曹雪芹故居

荣华泡沫浮,至道独冥搜。
遥慨石狮净,苦吟林谷幽。
世衰悲白袷,灯暗著红楼。
扪迹君何在?苍松护故丘。

济南大明湖喷泉

澌腾飘洒涌阴空,疑是长鲸吐纳功。
东海云涛欺岱岳,却随风坠碧波中。

1986年10月

津浦途中下车登泰山

欲游东岳不辞远,莫畏叠嶂万千重。
奋踔腾身山围外,挥汗开襟上天宫。
玉皇顶上神冥合,天街徐步御仙风。
尘世如罩蓝玻璃,群岭奔凑拥巍峰。
黄海渺茫浮地极,绮云横挂遮天东。
何日栖居泰山麓,只是生涯尚转蓬。

陶今雁先生以其青年时代诗作赠予感而赋之

谁怜白鹤身，困卧蠡湖滨。
世俗浇漓甚，诗情宛转真。
清贫有傲骨，磊落出丰神。
岂效穷途哭，偷看曙色新。

1986年9月

陶今雁先生邀予赴公园观菊，适有事不得往，因步其韵

独怜半日怅然过，想象名园丽菊多。
翠叶紫茎摇烂漫，银钩玉蕊舞婆娑。
更凭霜气添芳意，每引骚人发浩歌。
但问先生归去未，悠然一醉向山河。

1986年11月

周平迅先生以自编《逝波集》见赠，其生平志向读而可知[①]

西溯大江云漫漫，东归故土水悠悠。
路经困境愁无奈，舟入盘涡岂自由。
秋惜黄花酬赤子，晚逢舜日看金瓯。
先生履迹长相忆，莫恨逝波不肯留。

1986年11月

【注】

① 周氏系我在师专老师，青年时代入四川工作，后归故乡瑞昌，旋调九江。离休后游览名山大川。

无 题

眼前扰扰是非多，坦腹悠悠百事过。
揪斗声嘶惊梦破，莫非风搅水翻波。

1986年11月

菊展三绝

（一）

金英炜晔竞登台，翠叶披纷拂玉阶。
冲雪凌风贞意出，襟怀最爱向谁开？

（二）

贞情一片苦中来，灿灿纷葩耀眼开。
岂肯妍姿摇疏影，天生敢冒露霜埃。

（三）

金盏玉盘玛瑙杯，琼林仙宴摆园台。
清霜玉露凝膏脂，桑落酒香万众来。

1986年12月

庐山东线抗战纪事歌[①]

一自马当要塞崩，赣北滚滚硝烟浓。
汽艇长驱入彭蠡，飞机欲蔽汉阳峰。
抗战官兵不相让，冷欣将军是英雄。

麾军巷战星子城，退守东牯与归宗。
倭寇狂笑欲鲸吞，唾手而得牛屎墩。
冷欣一呼敢死队，夜袭孤屿立脚跟。
尸横二千山难撼，敌酋毙作异国魂。
丧心汉奸为带路，瓦斯喷撒天惨昏。
毒气铄体肺窒息，两师骨肉难幸存。
牯岭孤军弹药殚，经国先生潜上山。
疮痍满目作何语，悲愤填胸宁自宽。
含凄秋风挟苦雨，渗血白水淌岗峦。
片面抗战兵马瘦，半壁河山铁蹄寒。

【注】

① 1938年8月，日军破彭泽县长江要塞马当，攻庐山东侧，夺星德公路，守军三个师自县城退守东牯山与归宗寺一带，激战于庐山南麓。师长冷欣率部下夺回东牯山下被日军占领的小岛牛屎墩。但由于日军施放瓦斯，汉奸带路，以致东牯山失守。后有孤军坚守庐山，蒋经国时任江西保安处长，自观口入康王谷，至牯岭安慰抗战官兵。

七学友歌①，四句写一人，嵌其姓

梅子累累结实多，梅生苔发思如波。
羞为扬雄镂肾赋，兴来每爱击节歌。
夏日谁在绿叶树，捷如猿猴快似兔。
筹策良苦胸成竹，登堂入室先一步。
月照大江涌浏亮，刘生苦行倍神旺。
阵前一骑先锋出，横戈极力不相让。

鲤鱼岂肯游幽潭，跃上龙门意未闲。
谭生智多如星点，从容谈吐天地宽。
杜鹃花开五月间，杜生文彩耀春山。
叱退潘江与陆海，搜罗八极多琅玕。
石戴车辙辗苔衣，行不违仁识玄机。
在山射虎兼射鸟，更载凤羽满车归。
黄钟大吕鸣铿锵，风流儒雅露锋芒。
盘马弯弓必中的，驰突文坛后生强。

1987年4月

【注】
① 予之学友梅俊道、叶树发、刘友林、谭耀炬、杜华平、戴训超、钟东。

哀大兴安岭大火灾

边陲火魔肆侵窜，春山栋梁化焦炭。
冲天烟雾蔽青阳，鹿奔狼突人惊散。
十万大军浩荡来，安顿黎民莫悲叹。
手持枝丫拦堵截，人海战术灭灾患。
死灰燃起惊天公，为降倾盆大雨功。

1987年6月

绳金塔下宴别谭耀炬学兄之赣州

涛拍江岸声悲壮,绳金塔下何惆怅。
明日谭君趁晓风,登高怕看车南向。
先生清芬藉君扬,一壁赣南设绛帐。
想见笑谈四座倾,郁孤台前文坛将。
我今堪嗟似梗浮,更与何人得形忘。
论事评诗咄咄空,冷月疏烟郁相望。

师大中文系同乡毕业赠言

玉石共琢磨,青春刻苦过。
结交情匪浅,分手憾增多。
刮目看雏凤,闻鸡舞剑戈。
暂时溆浦去,试问欲如何。

1987年6月

鄱湖吟草

出 航

一轮劈破巨绸袍，雪浪琼花划剪刀。
我上天篷频指点，迷离星渚渐遥遥。

1987年8月

过蚌湖

浅水滩边小艇嘈，沙鸥惊起脚鱼逃。
天光云影悠悠晃，水碧如油草碍篙。

朱德群点评：首句将湖边小码头杂乱无章而又繁荣兴旺的景象点染得活灵活现；次句一个"逃"句不但使人觉得置身浅水滩边，且使人直觉置身水底，如见水中百态；第三句一个"晃"字，虽未直说，却使读者知作者已在湖中船上。末句"碍"字看似寻常，实则极致。没有水上生活经验与对生活的观察，绝难想象出来。

过杨柳津河

弯弯杨柳津河漕，纵有泥淤却有涛。
洲渚草长牛鸭壮，悠然自得看吾曹。

左蠡老爷庙

雄扼鄱湖势自高,嶙峋石脚战风涛。
老爷庙里尊灵鳖,为救元璋顶柁逃。

萍乡安源煤矿竹枝词四首

(一)

安源峻岭路途赊,工运燎原第一家。
山谷喧腾传鼓角,依稀烈火似残霞。

(二)

枵腹空空不顾家,爷孙抡镐拽煤车。
棱棱瘦骨衣难蔽,滚滚乌金属老爷。

(三)

忽到二三知识者,劳工心里开了花。
凿开混沌眼前亮,天合工人莫畏鸦[①]。

(四)

罢矿潮惊资本家，风云突起斗龙蛇。
纷飞血雨尸横枕，始悟刀枪解锁枷。

1987年10月

【注】
① 刘少奇在工人夜校说："工人合起来就是一个天字。"

宜春台

森森万木护春台，台上徐看晓日来。
隐隐车音云外听，轻轻绡雾望中开。
遥峰献翠更新主，高阁流丹失旧苔。
一代风流皆往矣，无边怅惘独徘徊。

1987年10月

化成岩兼怀李德裕、张自烈

巉削紫岩色浅深，斑斑石刻到而今。
卫公落难犹思鹤，张子濯缨只厌名。
泛泛渔舟甘淡泊，莘莘学子竞登临。
莫将闲趣观香火，须听高枝翠鸟音。

宜春化成岩观李德裕诗碑

白帆拂岸如蛾翼，岑岭插江似玉簪。
惜我无心随鹤往，怜君何事谪荒吟。

访宜黄县政协与诸诗友

翻山穿陇雨潇潇，访友寻幽幸见招。
石巩洞中惊造化，谭纶墓畔仰勋劳。
秋风不复忆鲈鳜，凤镇还催写琚瑶。
水绕峰围供望眼，浮生漫道是萍飘。

1987年12月

论诗二绝

（一）

妙象还从高著眼，芜辞莫自作聪明。
寒风一扫繁枝叶，初绽梅花始玉清。

（二）

律求工稳意求新，开合回环布置辛。
灵府若无涵养志，林深气茂有谁臻。

1987年12月

读徐善加《养素斋诗词》

一回回读每心惊，霭霭停云想见兄。
胎错孔融成黑类，途穷阮籍走边庭。
昆山珠玉因谁弃，乱世诗人未自轻。
应是缥缃供痴眼，朝朝健笔掣长鲸。

江钢行①

百闻不如一见多，藏龙卧虎山壑窝。
厂房错落时涌现，层楼直拂松杉柯。
铁锭钢板垛路侧，流水作业绕坡陀。
回旋金蛇盘丝鬈，红光晃晃逼银河。
螺纹钢，无缝管，品种济济千余科。
横向联系增活力，技术改造苦研磨。
山不在高钟灵气，英材卓杰争网罗。
君不见飞机厂商纷纷至，弹簧油丝质无讹①；
又不见琴丝弦音动天下，激扬妙曲舞婆娑。
登楼一览创业史，请君击拍我高歌。
桃源生活真原始，现代文明乐如何！

1988年1月

【注】
① 江西钢厂所产，弹簧油丝、琴丝等品种获国家银质奖。

胡守仁先生八十寿辰诸弟子聚会共伸南山之祝

西江文风能兴隆，赖有名家生其中。
先生辞章一方雄，为人师表功德崇。
家学渊源兼专攻，教学南北与西东。
爬梳故纸著述丰，江深海阔浮艨艟。
童颜鹤骨耳目聪，神清气朗精力充。
疾雨横风过眼空，寒松落落摩苍穹。
培育嫩苗高葱茏，伫盼碧汉飞群鸿。
我居僻地仰宗工，负笈程门饬眇躬。
有如桃李沐春风，又似茅塞豁然通。
跻攀欲叩文昌宫，壮夫何必惭雕虫。
今朝心事与众同，海屋添筹祝诗翁。
济济多士何雍容，慈光照射满堂红。

1988年2月

石天行社长赠予《惜余诗草》感赋

椽笔欲来气已吞，早将莽荡赋乾坤。
摇旗撼地诗神旺，炼石补天道义存。
厄降斯人铮骨响，泪飞觙女舐情温。
一从霾散龙光射，万里扬尘老马奔。

1988年2月

冠良姐夫全家自德安迁回韶关二十年，适逢新春赋此代柬

春来相忆是韶关，梅寄亲人怙暖寒。
诸侄应成材且俊，高堂幸得寿而安。
星移南国添光泽，雨打飘蓬过急滩。
已负曹溪游历约，停云霭霭梦中看。

1988年2月

感 事

铜臭纷纷摄众魂，笃文君子渐难存。
腰缠万贯迎青眼，学富五车叩后门。
硕士有心开店面，丁男无意守乡村。
旋风吹得时人转，直把钱神当至尊。

咏湖口石钟山

冰川造化日，地层渐陷下。
唐时成巨浸，容纳五河泻[①]。
周遭八百里，水天互滉漾。
涵泳星河汉，倾倒匡庐嶂。
山锁江湖间，俨然石钟状。
撑峙石巉巉，白鸥有依傍。

石窟噌呔响,其声激于浪。
湖口如咽喉,吐纳势奔放。
或洪波舂撞,鬼嚎声凄怆;
或清黄可辨,豁眸送浩荡。
或琉璃凝碧,天水共澄亮;
或帆樯如林,滨湖渔歌唱。
或湖洲裸露,石脚瘦骨样。
神工驱鬼斧,劈此奇境贶。
锺爱灵秀地,平添山川壮。
古来割据者[②],赖此相对抗。
倏而化虫沙,可怜鱼腹葬。
我来太平楼,胸怀一何旷。
想见飞虹桥,横跨湖口上。
四方争辐辏,天堑亦通畅。

1988年3月

【注】
① 五河:鄱阳湖五大水系,赣江、抚河、信江、修水、昌河。
② 隋林士弘、元陈友谅、明朱宸濠等俱曾据守于此。
陈永正教授点评:诗学韩、黄,卓尔不凡。

《靖安诗词苗圃》赏析:先交待湖口石钟山成因,再分写湖山之胜。"涵泳星汉影,倾倒匡庐嶂。"气魄宏大,统领全篇。"石窟响噌呔,其声激于浪。"凝炼准确。"湖口如咽喉"以下,极尽铺陈,画面壮阔,既写景,又暗寓形势险要,自然带出"朱陈"大战的故事。结尾大胆想像,令人神往。

谷雨诗会有感

谔言无复似鸿毛，务实求真莫妄褒。
正气须凭廉士振，激情岂止丈夫豪？
新闻到手张张好，物价愁人节节高。
妙策纷纷医痼疾，施行应是有牛刀。

1988年4月

大雁塔畅想曲

盘根西京郊，高耸入冥漠。
登临河汉广，俯视九州缩。
雁影飘微微，梵呗声隐约。
四面仰天风，帝国增恢拓。
佛儒虽并立，此中见濡沫。
进士题名传，诗魂竞卓荦。
莽莽数千载，古塔渐摧剥。
灵窟阴风惨，浩劫失铃铎。
春风焕新容，国策重麟角。
岂止游览计，文化欣有托。
莫为败家儿，自甘夕阳落。

熊东遨点评："四面仰天风"，塔势之高旷可感。

重修滕王阁感怀二首

(一)

烟波江畔众楼高,独有滕王阁自豪。
风挟浮云环翼柱,浪翻霞点涌城壕。
曾将倦眼悲兴废,重佩奚囊笑赋骚。
应是英雄谋略远,苍茫横跨两虹桥①。

【注】
① 滕王阁附近拟建南昌大桥,与八一大桥相望。

(二)

物换星移更新朝,滕王阁又耸岩峣。
西山横过千秋雁,蠡水倒推八月涛。
踊跃车船装卸港,琳琅物宝转输漕。
登楼四顾真瑰伟,愧未躬身献寸劳。

1988年5月

熊盛元兄以《晦窗吟稿》见示感赋

灵犀一点透灵襟，铸就新词我所钦。
曾诧尘寰多闹剧，未知大雅有回音。
幽兰嘉树谁能识，碎玉零珠独自寻。
留得如虹豪气在，吟哦不负少年心。

1988年5月

无奈吟二首

（一）

雄风追忆当年勇，死水消沉事业心。
缕缕乡愁身被缚，娟娟半夜月相亲。
吴王宫里悠闲妇[①]，铁饭碗中保险金。
孙子无能惟塞耳，聊天声噪独难禁。

（二）

心源汨汨莫沾尘，世态纷纭淡泊身。
幸有高风堪自励，不无青竹可相亲。
潮流已改经商热，敝帚难抛买椟珍。
坐卧蜗庐寒士过，相逢何必笑清贫。

1988年5月

【注】
① 单位大多为佽领导关系安排之女性，成天闲聊而不能科研。请我负责管理，实难为也。

纪念南昌解放四十周年遵嘱作

狂飚卷禹甸，铁马渡长江。
一片秧歌舞，万家盼小康。
扶持新产业，拯救弱工商。
如免折腾苦，欣欣必大邦。

诗人节有江西蚕桑场之聚

五月招魂魂悠悠，诗人兴会新祺周。
掩映高楼绿树稠，惊疑当年是荒丘。
请君试看能者谁，经营惨淡多嘉猷。
巨罐蒸馏丹参液，粉沫翻腾匣中浮。
妙药不胫走南北，一啜霍然沉疴瘳。
味精晶粒纯如雪，调鼎素食成珍羞。
鲜美入口滋津液，千家万家争购求。
典雅家具琉璃滑，古色古香生漆髹。
雕花缕鸟栩栩动，生气直与天然侔。
羽绒服装新款式，更换鹑结弃貂裘。
壮士束带如挟纩，敢入冰天南极洲。
美轮美奂若宫殿，院墙起伏如龙蚪。
电子联营到香港，传播微波一脉流。
连年翻番高着眼，欣欣生意通九州。
对此诗情翔寥廓，无复屈子行吟愁。
况乃我辈多酒兴，主人盛意信难酬。
行人莫笑醉后舞，要听鹿侣鸣呦呦。

1988年6月

参加九江师专七八级中文班同学聚会

拂我频年仆仆尘,今朝快意返师门。
梧桐应共留新影①,楼室久违辨旧痕。
舟渡学津初启碇,春归绛帐永怀恩。
人生最忆浴沂乐,未忘河川日夜奔。

1988年7月

【注】
① 当年同学手植之梧桐,今已绿荫成林矣。

文天祥赞

颠倒乾坤血雨腥,庐陵犹未坠文星。
纷纷辛衍降强虏,凛凛鲁连挟怒霆。
鹰入囚笼哀汉帜,身迷故国叹浮萍。
孤臣殉义从容去,气垾苍穹万古铭。

忆"文革"浩劫中

黑类出身家境寒,世多冷眼入心攒。
漫寻破烂一门艺,稍赚弟兄数日餐。
戴帽抄家强忍涕,斫柴挑担惯爬山。
惶惶阶级斗争日,梦短夜长卧不安。

民政局长之福利车

局里新添小货车,招牌福利院之家。
索鱼与肉下乡去,运米拖煤路不赊。

1988年7月

给县级干部发地价优待券

地皮岁岁行情变,平价还须优待券。
凭级凭资优惠多,小城触目新楼建。

世 态

文化惊呼大滑坡,百年痛史触痕多。
寒窗苦读成何用,不及明星一夜歌。

1988年7月

杜门在家电扇轻吹恰整理古籍时

飞旋三叶散清凉,终日埋头整理忙。
一榻萧然思旷古,掩门不畏日光狂。

1988年8月

江西诗词学会成立纪事

秋空澄明江水落，东篱菊又振芳萼。
龙光逼射斗牛墟，白云依恋滕王阁。
黄山谷领四洪来，徐孺子应陈蕃约。
江右群贤汇一堂，空前盛会欣开幕。
文采风流目睹真，老兵新秀纷纷作。
或雅或俗或清丽，兼健兼逸兼恢拓。
朗吟高论逢其时，诗词出路争探索。
五四以来竞趋新，十年浩劫诗脉涸。
天公未肯废斯文，志士岂肯久寂寞。
飒爽英姿老骥奔，苍茫云空健鹘搏。
闪闪珠玑出尘泥，森森碧峰露银崿。
赣北赣西结社多，高悬吟旌鸣木铎。
临川庐陵诗风盛，今之势头应未弱。
恐与邻邦作后尘，须携众手大联络。
各洒潘江倾陆海，共浚词源更开凿。
浩荡鄱湖纳五河，波撼石钟气磅礴。

1988年10月

贺宜丰诗社成立

乘车直出西山西，无边春色浮翠微。
行经高高低低岭，来看弯弯曲曲溪。
溪声潺潺响千秋，岂有诗脉能断流。
宜丰结社共唱酬，诗兴高与暖云浮。

游宜丰县魁星塔

宜丰有盛况,我来春荡漾。
耶溪绕城南,月湾一泓亮。
城中万窗明,楼影日光漾。
葱茏螺峰旋,四围多叠障。
塔高耸天空,仰观气豪壮。
骑车过斜坡,跻攀高峰上。
驰荡东风来,悠悠旷古状。
忽念家乡远,妻女每相望。
人生多奔波,未知我西向。
洞山欣已近,欲邀侣同访。

1988年12月

游湾里区登西山

(一)

不是神游毕竟真,翠围湾里绿茵茵。
枯禅烦恼留城里,欲与苍山结胜因。

(二)

瑶花野果遍寻迷，过了重阳未减肥。
飘雨清风交替后，故留空翠湿人衣。

(三)

半山开垦一坡斜，谁结茅棚看守家。
空谷足音唯汝我，静聆檐外雨沙沙。

1988年12月

游人民公园兰室

万物萧条入冻时，阳光漏泄暖南枝。
伴妻携女寻芳去，生趣窈深只自知。

1988年12月

黎明过市八一广场乘车往铜鼓贺诗社成立

谁把繁星撒夜空，车灯人影各匆匆。
神留闹市春风里，身向边城叠嶂中。

1989年1月

姚公骞院长迎其兄一苇先生自台归赣感赋

一苇航之慰久睽，高堂不见恍然迷。
露滋玉树垂梨果①，春入空梁落燕泥。
章贡分流陵谷异，鸾龙并驾海天低②。
嘘唏稍待澄清日，未必新亭拈旧题。

1989年1月

【注】
① 《神异经》："东方有树高百丈，名曰梨。其子径三尺，剖之，白如素；食之，地仙可入水火。"
② 晋代陆云答兄诗云："昔我弟兄，如鸾如龙。"

正月初四乘车观雪

暝幕如围合，沿途漏点光。
兽蹲山黝黝，粉坠雪茫茫。
怪事向谁吐，奇株应未亡。
只愁元气泄，旷野黯然苍。

熊东遨点评：前四句写雪，极尽比拟之能事。五六句忽发一横枝，融入议论，深化主题。结联复作杞忧语，雪外另有寄意在焉。

独 行

街头踯躅路灯昏,目送轻车得意尘。
绿女红男趋舞会,花须柳眼媚新春。
世多逐利追名客,我是安贫守道人。
归入小楼瞑目坐,独听撼屋走飚轮①。

1989年4月

【注】
① 所居楼之西侧为二七大道,东面为铁路调车场。

贺新余诗社成立

万片春光泼眼来,鹃声呼唤翠杉堆。
水涵皎皎钢花舞,峰列青青叠障开。
自古人才相继起,而今诗意共徘徊。
情因结社多佳句,胜状纷纭任剪裁。

1989年4月

为老年文艺家协会成立作

空盘苜蓿久阑干,犹上高楼带眼宽。
国事兴衰应有责,民生忧乐总相关。
老来漫作归田赋,寒尽休歌行路难。
留得诗心长不老,笑看渔艇过惊湍。

1989年5月

江西蚕桑场赞

一片风烟接莽苍，八千子弟气昂扬。
绿归桑海机声隐，红涌楼台巧手忙。
久誉羽绒兼缎织，新招蛇胆配牛黄。
剪裁云锦萦雕槛，延纳淋漓字画香。

1989年6月

桑海药厂端午诗会三首

（一）

久为读书疲，来瞻桑海姿。
药香随处嗅，人醉此时宜。
入座纷尝果，振衣竞赋诗。
满堂腾笑语，燕燕亦来归。

（二）

雨洗黄尘静，云开白日垂。
龙光穿北户，芳草恋东篱。
亭秀欢留影，天清共品诗。
蹉跎交结晚，把臂应相期。

(三)

甫读《离骚》句，难梳纷乱思。
近浇东道酒，遥奠屈平悲。
醒醉分流品，死生有口碑。
江潭茕独客，焉得拯时危。

赠福建古田陈禅心先生

驰飞银燕斗顽凶，慷慨归来作钓翁。
想见精神如老骥，欲将心事托冥鸿。
嶙峋骨并巉岩耸，遒健诗称大国雄。
何日重逢八闽地，依稀欲觅雪泥踪。

贺湖北黄梅县诗社成立

风梳孔垅隈，雨润熟黄梅。
莽莽虹桥起，依依岸柳栽。
汇溪流响远，举帜众奔来。
我梦诗乡处，锦章任化裁。

雨后憩新余市委宾馆

风雨初停燕雀喧，池承檐滴漾微涟。
坐怜隙地垂新翠，闲爱晴光映碧鲜。

1989年6月

题卜氏所绘仕女图三绝

（一）

无奈春心托画屏，仙姿玉骨竞娉婷。
娇羞不敢高声语，恐有人从远处听。

（二）

霰珠苦泪月光柔，梅蕾含馨墨骨虬。
玉蕊芳心人不识，风鬟雾鬓自伤愁。

（三）

檀口若嗔独蹙眉，袖飘冉冉髻垂垂。
剧怜最是秋波动，拭去泪痕却怨谁？

1989年6月

青原山净居寺

浓翠新青濡染间,巍然一寺绕幽潺。
主持法席为谁钦?莫负青原四壁山。

1989年6月

咏 莲

生怕诗心随叶老,每寻菊蕊到中年。
曾经怅望无寻处,忽见波光漾翠莲。

庐山太乙村吟草

德安往星子途中

虬津宛转向东斜,又近东篱五柳家。
旧径依稀人不识,秋风渐渐换黄花。

1989年7月

归星子县城两绝

（一）

人海城中游子归，金波映日紫霞飞。
行装卸却倚栏看，翠绕晴湖最入迷。

（二）

一城暮霭晚霞留，秋色染山黯黯愁。
三二帆归城外港，渐看玉镜上楼头。

栖贤谷

问君何处有禅房？满壑竹摇落寞凉。
钟鼓招提三百寺，半成残壁任茅藏。

太乙村即景

卜居太乙度假村，翠满竹林遮星辰。
远挹湖光诧旷荡，近傍崖壁嗟嶙岣。
如蛇藤骨偃地绕，似针杉叶欲攫人。
饥饿鹰鹜哇哇过，凄悲蝉虫悄悄吟。
我寻九奇亭上坐，笑揽白云闲此身。

太乙村眺望

云驰阴复晴，林杪露崚嶒。
五老列苍峭①，九奇排郁青②。
太乙摩碧宇③，端居拱北屏。
山高湖面小，银盘渺落星。
予家星子县，豁眸寻水汀。
怅然思万里，海天有健翎。
山花如盈抱，应共享芳馨。
恍惚扶携上，醉舞含鄱亭。
惜哉未同往，怛怛双目瞑。

【注】
① ② ③ 五老、九奇、太乙，均是山峰名。

太乙村旁观峰峦在云雾中变幻二绝

（一）

虎踞龙盘血口嗔，云消雾散裸形真。
青山与我悄无语，荡荡乾坤黯怆神。

（二）

小囡痴迷逐蝶飞，云根日影映霏微。
半生心事向谁吐，还欲南归话旧题。

太乙村下闲居二首

（一）

尘外无忧虑，人间有血腥。
翠壁云来黑，闷雷雨不惊。
倏而光灿灿，断续鸟嘤嘤。
坐待悠闲过，哪知阴与晴。

（二）

山风飘袅袅，潭面动微微。
竹影婆娑舞，星辉惨淡稀。
火云挥汗日，凉夜痛心时。
寂寂人声杳，家园惜暂违。

自 嘲

无须称职本无官，自拟羲皇乐得闲。
击壤高歌心口异，濡毫讽世朝野寒。
骋怀惬趣千家律，回首惊心万叠山。
流寓章门甘寂寞，鹪鹩能慰一枝安。

上饶诗词学会成立感赋用朱熹韵

钟灵文化久留心,朱陆风流仰止钦。
梅约稼轩来胜会,梦游茅岭绕层岑。
天连闽浙闲云霭,峡抱信丰碧水深[①]。
谁举吟旌鸣木铎,邀鸾引凤正当今。

1989年10月

【注】
① 信丰,信江与丰水,在上饶市附近交汇。

又

吴楚擘开地,风骚重荡摩。
千林生翠竹,万壑汇春波。
涵蓄诗思涌,推敲文字多。
射雕能中的,不负好山河。

返南昌途中晨登龟峰

峥嵘突兀涌奇峰,岩壁幻如玛瑙红。
鬼斧劈开天一线,啸歌回应响三谼。
光鲜透亮松篁里,崔嵬玲珑窟隙中。
怪石连翩供想像,尘身疑是浴仙风。

1989年5月

重九在鹰潭观老人节演出会并参加重阳诗会

壮年万事忙,望眼到重阳。
此地多同志,何须叹异乡。
月湖波潋滟①,老稚舞腾骧。
采菊应怜惜,歌吟入混茫。

1989年11月

【注】
① 鹰潭市区有月湖。

游龙虎山张天师府

山障一川地,宫开八卦图①。
天师徒有法,地煞未能诛②。
郁郁杉樟暗,凄凄院落芜。
今朝修炼士,不必用丹符。

【注】
① 府宅按八卦图形建。
② 府前井,即《水浒传》中洪太尉放走天罡地煞处。

泛舟龙虎山仙水岩悬棺之下

百里石林攒,清流至此蟠。
倒倾岩黯黜,半浸水清寒。
万古形成窟,一群悬插棺。
灵奇争指点,笑语满河滩。

重阳诗会赞江西汽车制造厂巨变

少年惯看井冈牌,是为汽车之头胎。
车灯如豹眼,车后卷黄埃。
尾大恨不掉,爬坡吼如雷。
一时亏损哀,十年久徘徊。
今日惊江铃,双排座轻型。
客货两称便,疾徐操纵灵。
原野多宽广,驰骋如奔駉。
唤起竞争之意识,奋起腾飞之健翎。
引来先进之科技,推出更新之仪形。
冲床、压床悬如林,氧焊紫焰闪荧荧。
回转流程装配线,精密部件串珑玲。
伫望碧宇银河系,升起汽车工业一新星。

1989年9月

医院疗病

久被杂务缠,孰知缠病魔。
医师责怪我,抱疾览书多。
归家每自叹,常厌妻罗嗦。
缓步林阴下,驰晖布晴和。
缅思古贤哲,穷理向山河。
时人多成器,愧我日蹉跎。

1989年11月

住院二绝

(一)

晖晖白日入窗来,骨瘦形羸心独开。
遥想诗坛驰骏足,药针误我意茫哉!

(二)

莫叹此身成病身,岂甘慵懒负芳辰。
诗书几叠聊相伴,忘扫家中甑上尘。

挽琴江诗社江山社长

啼血石城一苑春，灵光护柩与山亲。
琴江水绕诗魂去，犹咽悲歌似有神。

1990年1月

纪念抗日名将张自忠百岁冥诞

山崩海啸战云焚，凛凛张巡勇出群。
欲为神州扶地轴，但将霜剑扫凶氛。
屡施奇策兵心振，力破重围血雨纷。
卫国长城如不倒，关东未待出苏军。

贺上海青年诗社成立一周年

少年意气正纵横，北国南疆广缔盟。
未许吟坛皆宿将，应从九畹植精菁。
芝兰玉树遥相识，雏凤新声喜共鸣。
请看雄姿泅碧海，敢驾高浪掣长鲸。

1990年3月

赠陈铭华

沪上多英俊，羡君卓尔才。
十年磨剑戟，五噫隐风雷。
蔼蔼芸窗暖，茫茫后浪催。
申江曾把晤，东顾独徘徊。

观亚运会安塞鼓表演

冬冬撼地鬼神惊，壮我中华众志城。
阵变千行猗那舞，枹翻万点激扬声。
晴天雷过场前奋，急雨鼙犹耳畔萦。
敢料旗开先得胜，鼓鸣作气勇相争。

1990年5月

中国跳水运动员夺冠

娇如紫燕腾空转，快似轻梭溅水微。
一洗佳人柔弱气，歌中高举奖牌归。

中国自行车运动员夺冠

列队翩翩穿翠微，御风奔电两轮飞。
当先一骑知谁猛，从百炼中振国威。

绍兴东湖

我来绍兴东湖侧，恍见西施美貌色。
天何有意授范公，谋以佳人败吴国。
窈黑波涵蔚然秀，中有西施珠泪否？
微风吹动波面皱，似是西施拂袖走。
忽见石碑顿惊愕，壁立石脉人工凿。
巉巉剑立冰玉鉴，倒映虬枝翠藤络。
君王贪看石妩媚，黄旨叱咤劳工苦[1]。
血泪斫取性命抛，千家失声泪如雨。
一段瑰异众手造，岂是西施独姣好。
游人指点山川笑，我有心潮暗翻搅。

1990年5月

【注】
① 古代帝王役使民工在此斫石采为花石纲，千年来竟成深潭，遂成东湖。

挽福建诗词学会会长黄寿祺先生

天涯久忻慕，论诗频指路。
一旦悲风来，眼前眩黑雾。
诗国起群雄，东南屺一柱。
灵光护魂归，青冥传韶頀。
我携酸泪往，迷濛知何处？

1990年6月

青岛吟草

青岛小鱼山凭眺

青岛容光孰与俦,传闻瑞士逊风流。
葱葱林海楼台涌,荡荡港湾轮舰稠。
割让经营前代恨,制裁贸易近时忧。
千年尘劫悲欢事,写史还寻即墨侯。

1990年7月

参观青岛水族馆口占二绝

(一)

滔滔望海识茫然,蜃府龙宫置此间。
摆尾摇须争献媚,看它武艺族中传。

(二)

莫谓汪洋大海宽,网拖电触竭资源。
捕鲸捉鳖寻常事,只恐蛟宫失大千。

过康有为故居

保种保皇难两宜，风云激荡只当时。
可怜旧党驱新党，到老无为负有为。

参加青岛中华诗词学会常务理事扩大会议感赋

我自西江来，掸尘登青岛。
森森林间屋，开门见浩淼。
黄岛迤西伸，青岛从东绕。
护此一海隅，万艘入怀抱。
熙熙工商涌，鲜鲜市容姣。
翠染织岑峦，尖耸列城堡。
八方会诗人，前途共研讨。
煌煌诗词业，岂能成野草。
高论聆未休，中心塞烦恼。
雾雨弥天浸，阴霾黯不扫。
滩石露崀崿，怒浪日夕搅。
我盼丽日天，崂山恣临眺。

青岛阔别有怀海南周济夫兄

为揽海天宽,联袂上崂山。
崂山苍莽莽,谁削峰巉屼。
仰观浮云变,并肩坐其间。
山头仙踪杳,山下浪花欢。
欢会化梦影,君已返海南。
南海风涛壮,君如大鹏抟。
五指山纡郁,何日许追攀?

台湾中兴大学黄大受表伯归南昌与弟妹相会,予在座赋呈

龙蛇争战裂乾坤,海峡萋迷渡一鲲。
望断卅年心皎皎,综罗百代论源源。
尽多浩劫神州黯,独铸名山事业尊。
天际鸿归如梦寐,吞声失哭认同根。

1990年7月

黄山、九华山行吟草

车过安徽祁门

绿岭护祁门，白楼簇结村。
风梳雨洗后，万壑翠光屯。

1990年7月30日至8月5日

黄山北海行

暝暗四更辨路踪，树如鬼影狰狞容。
忽然天亮泛缥碧，金霞迸射天之东。
拄筇环顾拍手叫，我疑腾身紫微宫。
云来朦胧岩黝黝，雾去崔嵬峰丛丛。
或如石笋争迸立，或如恬静沉思翁。
或如冲天剑出鞘，或如魔怪齐潜踪。
云间日辉幻作紫，岩畔杜鹃别样红。
我识黄山恨迟矣，何日重揽奇壮雄。

九华山①

九子峰高锁一函,千僧到此避尘寰。
梵宫密布钟声荡,烦恼芟除本性恬。
水木清华凉渐贮,善行累积苦成甜。
地藏不坏金刚在,心未虔诚莫仰瞻。

【注】
① 九华山,一名九子山,为佛教四大名山之一,地藏菩萨道场。

上饶、武夷行吟草

德兴途中过少华山

敛热日如丸,飘飘雾霭间。
山高苍树密,水急咽声寒。
半世随尘染,闲心到此安。
少华多峻伟,挥手约重看。

1990年11月

带湖访稼轩旧址

不见灵山万马来,翠奁千丈已尘埋。
敲门试问盟鸥处,犹辨当年鹭渚猜。
袖里珍奇难补天,求田问舍带湖边。
邀鸥引鹤寻三径,娱老雄才几许年。

过稼轩墓口占

山势龙骧凛凛神,蜿蜒排队莫惊尘。
茶花如洒枝头雪,点缀孤坟万片春。

鹅湖书院感稼轩、同甫相会事

共惜狼烟禹甸燎,峥嵘意气论刘曹。
中流击楫人安在,只看春风燕雀高。

稼轩瓢泉口占

瓢泉一何小,抱恨一何深。
岂是蛰居者,郁勃起龙吟。

闽北道中

车灯数点似流萤,载我高低岭上行。
路自林中牵不断,峰从雾里露峥嵘。

武夷精舍，即朱熹隐居讲学处

九曲有源来，层层叠嶂开。
冷侵青玉带，黑压白云隈。
大道终能拓，冰心未肯埋。
流风薰过处，萌绿苦心培。

登天游峰寻桃源洞而返

足踏天游扪碧霄，桃源洞里觅仙桃。
回头惟见群峰锁，翠拥崚嶒石骨高。

九曲溪坐竹排

竹排飞滑急流滩，翻浪生风习习寒。
年少艄公篙一点，轻轻笑语已平安。

  熊东遨点评："飞滑"二字形象生动，由此带出"翻浪生风"效果。妙！末二句写"年少艄公"艺高胆大，只凭"篙一点"，便使竹筏平安飞越险滩，场面有惊无险，煞是好看。"轻轻笑语"不惟艄公有之，乘客有之，即便读者亦应有之也。载熊东遨著《我选百家诗词漫评》（银河出版社2002年版）

多国部队与伊拉克军开战

战云密布波斯湾，压境重兵英法美。
隐形旋风掠而旋①，万千飞机赛猛鸷。
巨弹遍炸地毯翻，军事目标犹难毁。
天边梭掷飞毛腿，半空撞击焰如雨②。
灯光璀璨城瑰丽，可怜居民尽惊畏。
时有弹落大厦崩，倏而血人化为鬼。
难民惶惶如潮来，油田滚滚黑烟起。
滨海稠油蔓延开，鸶鸟呻吟鱼虾死。
同是生灵本无辜，伊酋遣将敢相峙。
和平倡议枉自呼，眼前恶战伊胡底？

1991年1月

【注】
① 隐形、旋风，两国战机名。
② 飞毛腿，伊军导弹名。美军爱国者导弹升空，击爆此弹。

奉新县成立晚晴诗社，冰云兄属题

风露泠泠寒九霄，一行结伴雁翔高。
从今结社吟千首，不复关门嗟二毛。
百丈山奇寻寿果，冯川水碧钓长鳌。
诗心爱共秋潮涨，醉看晚晴兴自豪。

参加清江诗社年会

熏风吹梦绕清江,今日笑迎酒桔香。
拭目吟旌飘碧宇,原来药市是诗乡。

1991年1月

樟树制药厂赞

重炼葛玄九转丹,入云楼阁涌奇观。
机旋缸煮汁浆沸,管接罐蒸烟气蟠。
飞削芬芳冰屑片,纷抟乌亮嫩油丸。
秘方古制新调制,任是沉疴啜后安。

悼李一氓老前辈

救民未肯惜头颅,戎马生涯也嗜书。
学究千年文化史,名成一代大鸿儒。
韦编断烂揪心痛,鲁殿岌危鼎力扶。
飒飒风悲魂欲断,绵绵雪绕凤城隅。

奉和孔凡章诗丈迎春漫兴韵三首

（一）

喷花吐焰闹洪州，映我思乡游子愁。
想见双亲频陟岵，欲寻梅影独横舟。
著书立说成奢望，作嫁裁衣怯凛秋。
除却雕虫何以报，羊年还看烂羊头。

（二）

持节牧羊志未灰，惊天定有曙光回。
洪涛过后弥黄苇，寒气吹时绽白梅。
帷幕半开还半掩，音波为报更为媒。
沉沉清夜动春酌，寂感心从物理催。

（三）

年来几度坐车奔，山影波光剩梦痕。
津门鸿雪徒增赘，绛帐春风愧报恩。
夺袍邺下敲诗苦，起舞灯前笑颊存。
遥望京华冠盖满，喧阗除夕有吟魂。

1991年2月

哀已故江西诗词学会副会长盛朴老

忆从诗社坐春风，卓杖挥毫惨淡中。
恨不常年亲謦欬，为何殒雨坠迷濛？
永垂砥砺廉隅范，合铸弘扬国粹功。
携我丝丝酸泪看，遗篇耿耿练光融。

1991年3月

胡恺先生携予祖雪抱公《昭琴馆诗存》在台北刊行，嘉惠诗界

一卷诗存越海天，昭琴馆集喜重传。
嶙峋风骨清癯影，灿烂秋星锦丽篇[①]。
辽鹤归来神奕奕，激光排印字娟娟。
沧桑阅后公犹健，为溉词林引碧泉。

【注】
① 此书扉页后印有雪抱公相片。民国初年刘未林太史誉雪抱公诗云："鄱湖仰视秋星明。"

德兴撤县设市遵嘱作

地迥风云会，天开事业奇。
满街欢笑语，设市里程碑。
喜报邮传至，心潮老友知。
蓝图齐展望，骥足待奔驰。

银城兴德辉，铜胆水传奇①。
莽莽铅锌矿，轰轰掘凿机。
龙光穿地肺，法眼奠宏基。
多种资源采，新铺铁路宜。

1991年3月

【注】
① 宋代德兴人张潜发明的制铜法，以胆水浸铜。

敬步胡守仁师原玉

少年经白眼，壮岁客洪都。
风浪经无恙，鲲鹏愧不如。
韩阶留永慕，马帐忆频趋。
文苑开新运，先生道不孤。

1991年3月

附：赠熊盛元、胡迎建

胡守仁

老来青我眼，二俊出洪都。
先后与相结，诗词并少如。
涪翁要无忝，嗣老更谁欤？
高格江西派，千年道不孤。

陶今雁师屡惠瑶章用其尤韵答谢

谬赏难当下里羞,操劳白了导师头。
曾投绛帐时萦梦,未改冰心岁已秋。
满地缤纷春入望,连天汹涌水争流。
犹欣问道程门近,每仰风仪解闷愁。

1991年3月

桑海集团张建华先生与予交经年,其诗集梓行遵嘱赋赠

曾从桑海识畸人,信是耽吟苦炼辛。
频走芳洲怜杜若,饱餐岚翠识松筠。
霜侵鬓角童心在,笔扫芜丛铸语新。
九畹盎然生意漾,芳馨遗我振精神。

1991年4月

咏济南市解放阁

森森花树护雕墙,一阁嵯峨阅莽苍。
终古英豪留胜迹,旧时弹孔渐微茫。
车声隐约喧衢道,湖镜空青浸日光。
最爱万千楼满地,伫观百业竞腾骧。

1991年5月

题罗德珏《愚园诗钞》

曾经赣水浣征尘,归择芜湖与德邻。
抱瓮灌园愚不老,绕篱菊爱小阳春。

1991年6月

论晏殊词,时逢其诞辰千年

脱卸紫袍吐语真,新词一曲见风神。
西江词派开山祖,已兆文坛万木春。
山长水远误邮程,翻羡双飞燕子轻。
独恨离愁推不去,沤成戛玉迸珠声。
力扫秾华返洁清,可怜婉约少宏音。
如何谔谔当朝相,只写徘徊寂寞心。

1991年6月

岭南行草

罗浮山麓军营游

驱车破暮昏,营垒肯开门。
白鹤栖高树,红梅挂冷魂。
瀑供兵士浴,峰作骆驼蹲。
极目浮云顶,重重翠霭屯。

1991年7月

罗浮山度假村诸诗友雅集

傍崖楼阁贮凉阴,遮道虬藤绕翠林。
呼友来攀狮子岭,擎杯共啜野山岑。
光旋雅座啖瓜果,月落西窗话古今。
昨日会仙桥上过,纷纷蝶入梦中吟。

罗浮山新修年首寺,僻游人难至

翠拥金光佛殿高,云浮罗汉自逍遥。
地偏谁拜如来佛,白玉观音望海潮。

夜行广州人民南路见珠江一角

独向街头问路行,江如缁带眼前横。
楼船五彩灯光淡,闪闪波摇闹市声。

赠深圳大学丘海洲先生

香江邻界地,袖海瞰山楼。
薪既传才俊,吾今识健遒。
逍遥骑白鹿,谈笑蹑罗浮。
跋浪三千里,南溟任远游。

火车将到韶关

霏霏飘雨过江来，叠叠云帷降九陔。
减速飚轮摇梦醒，千山矗矗一关开。

游曲江县狮子岩

岩耸赭狮首，窟藏猿人族。
轻车探奇来，亲朋导我入。
初进一洞幽，继讶穿窿腹。
阶梯转坡陀，石乳绕蝙蝠。
开灯珠串莹，道旁俨厅屋。
可以蔽风雨，可以燃柴竹。
可以拒豺狼，可以贮猎物。
况有涧水清，汲此烹兽肉。
信乎猿人居，群从而和睦。
歌亦同声歌，哭亦同时哭。
出口通岩端，俯瞰平川绿。
缅想万年前，得此为幸福。
何时迁洞外，辟榛始耕牧。
炎风兼虐雨，进化应更速。
凉飚拂面来，送我下岩谷。
巍然一馆开，陈列历历述。
慨叹天降人，艰难备尝足。
因财而攘争，因势而杀戮。

文明进至今，祸患犹潜伏。
乐土在大同，相助乃可瞩。

【注】

此诗获中华旅游诗大赛二等奖。

毕彩云女史嘱和《无题》诗勉步其韵

歌泣无端字字真，残红缀露黯伤神。
天泉水暖诗潮涌，南浦风翻柳叶新。
目送燕鸿飞杳霭，手弹琴瑟拂埃尘。
应知写韵轩中客[①]，来作状元榜上人。

1991年10月

【注】

① 唐吴彩鸾善抄写经书，南昌旧有写韵轩。此喻彩云寄稿甚多，又曾获鸿雪社课作状元。

为当今"况钟"叹[①]

自古小民叹青天，拦轿顿足直呼冤。
但劝何须泪涟涟，况钟明镜定高悬。
于今国步尚艰难，国营经济蠹虫残。
堂堂太守倘生还，对此耿耿心懔寒。
大小硕鼠穿穴走，明察暗访忙脚手。
通融关系送金钱，纷纷护驾过关口。

吁嗟乎！安得况钟万千人，浩荡廉风卷浊尘。

花繁万树满园春，九泉含笑有精神。

1991年10月

【注】

① 况钟（1388—1442），靖安县人。明宣德五年任苏州知府，人称"况青天"。昆剧《十五贯》以况钟为主角而妇孺皆知。

题吴柏森先生《遂初集》①

每向高楼听曲真，涪翁衣钵火传薪。
嘘云谲诡飘花雨，绕笔萧森迥路尘。
霜鬓扶轮归大雅，黄梅煮酒酿清醇。
豪情不减英年勇，肯顾西江一笑亲。

1991年12月

【注】

① 吴柏森，金溪人，中央大学毕业，北京五十中教师。

黄尔昌表叔六十大寿赋此为赠①

六秩行程现大千，金刚劫后见青天。
杏坛高筑文光闪，棠棣并呼海日圆②。
中外沟通生妙绪，古今观照有宏篇。
待寻醉石归来也，自在之身禀自然。

【注】
① 黄尔昌，宜黄人，安徽大学中文系教授，安徽省比较文学学会会长。
② 黄大受，黄尔昌兄，台湾中兴大学教授，历史学家。

抚州诗社成立赋柏梁体一章

麻姑从姑郁苍苍①，盱黎迂曲合流长。
临川内史笔生光，颜公碑刻端而庄。
珠玉纷纷衍西江，小山云月独当行。
子固文章裹锋芒，拗折辞传介甫王。
江南春雨杏花香，牡丹魂绕玉茗堂。
尔来明星列煌煌，况乃如今才子乡。
鸣鼓结社初开航，欲觇文运昌此邦。
网罗珍怪下大荒，手揽星云瞩八方。
天然气韵诗贞刚，风流蕴藉词婉扬。
万壑松竹凝清霜，千家歌吟接混茫。

1992年1月

【注】
① 麻姑、从姑，均为山名。盱即盱江，黎即黎滩水，均在抚州境内。

九江屈原杯龙舟赛三绝

(一)

湖上青山楼外楼，容光拂拭待飞舟。
八方来赛龙腾射，明媚波映第一流。

(二)

波闪粼粼蘸柳烟，桡翻白浪鼓喧天。
四周环堵欢声动，谁忆灵均抱石眠。

(三)

泪眼摩挲艰一言，帝阍重阻苦留连。
吴头楚尾烟波里，欲觅骚魂已渺然。

1992年1月

迎春曲步孔凡章先生韵五首

（一）

归心早向故乡来，漠漠云随紫气开。
彭蠡浮光摇草树，匡庐叠雪映楼台。
但惊棋局古今异，来听猿声日夜哀。
爆竹喧天如沸海，老亲稚子共徘徊。

（二）

归来游子共昏灯，欲慰慈颜抱憾仍。
老盼团圆愁始释，身多疾病健难称。
陟山悔未寻灵草，扶杖懔如履薄冰。
春在枝头能放眼，已无形色缚身绳。

（三）

频年鹪觅一枝栖，日暮江关望转迷。
鹤唳寥天惊浑噩，风吹湖浪碎琉璃。
八方诗社传风雅，四库缥缃入话题。
不惑年来惭俭腹，涂鸦每到日斜西。

（四）

红场沉雾浩纵横，体解联盟四海惊。
石转江回侵砥柱，天荒地老守城池。
功垂万世祖龙意，绿遍千山杜宇情。
明日将寻猿鹤伴，夜阑呼酒作涛声。

（五）

隐隐潮声破哑喑，恐多蜃气压龙吟。
百年对垒沧桑世，数点绽梅天地心。
大禹浚川酬凤愿，冤禽填海矢丹忱。
人生此世无何用，中夜无眠泪沾衾。

1992年2月

孔凡章老《回舟三集》嘱题

（一）

锦江春浪孕奇思，京国烟云写入诗。
鞭挞风霆到何处，辟榛开路我追随。

(二)

骨格苍坚句法奇,沧波沃日起蛟螭。
胸中郁勃存元气,腕底森然万怪驰。

(三)

诗写风神俊爽时,鬓衰欲剪乱愁丝。
江边一笛迎春曲,吹出梅花百样奇。

(四)

末学叨颁峻洁诗,流光冷月梦吾师。
金针拈出为人度,至语谆谆更有谁。

瓷都行

开窑历百纪，挟资兴作坊。
烧制高岭土，瓷业渐擅长。
烟囱如林耸，龙云喷而扬。
宫使监御品，商舶远千江。
遂使僻寒境，民生庶而昌。
追至新时代，风气慨而慷。
推行机械化，胎胚愈精良。
彩绘描栩栩，冰瓷玉琅琅。
铁路亦开通，远接皖闽湘。
新矗双珠阁，姿仪独轩昂。
当今凭质量，努力居上方。
我闻淄博市，崛起后来强。
技术臻精巧，杯盘重包装。
为之暗捏汗，瓷都莫仓皇。
环节图进步，讯息争灵光。
振兴增活力，支那名辉煌。

1992年4月

肇庆征诗咏七星岩

空水澄明波凝碧,波上星岩争攒立。
亭阁掩映水翠湄,老藤虬枝垂悬壁。
磊砢层跻入高处,通天崖脊横成路。
天风吹泉洒飞雪,云烟出岫湿翠树。
玲珑剔就壶天境,红棉花照游人影。
凝神正欲参灵异,九霞觞侧羁魂醒。

1992年4月

浮云酒赋

百丈山中一瀑飞,酿泉寒碧浸朝晖。
森森黄檗浮云依,馥馥香气散林霏。
桃花源里糯稻肥,麯米春伴紫蔷薇。
我往醉乡醉不归,扶筇摇摇上翠微。
但见仙人玉颜绯,长伴松鹤愿无违。
笑问何处识玄机,浮云酒醇樽不稀。

陕蜀行吟草

晨登西岳华山观日出

黝黝岩身活活溪，越桥穿峡上天梯。
群峰匍伏脊梁骨，高岳擘开仙掌枝。
风浸似冰青女近，日升如璧紫霞低。
微茫千里秦川小，我坐琳宫白帝西。

1992年5月

熊东遨点评：结语趣甚：孔子登泰山而小天下，胡兄登华山只小了秦川，圣人面前，终显底气不足。

陕西历史博物馆观感

殿宇巍峨倚碧霄，焕乎宏丽占头鳌。
万年文物归橱壁，百代风云恍昨朝。
鼎革应从民众意，维新有赖圣贤劳。
人权岂仅限温饱，更看文明跨步高。

成都杜甫草堂

茅屋深深气自尊,蜀都有幸驻诗魂。
暂栖郊甸舒心瘁,犹献芹谋为国门。
竹掩花溪孤艇渺,莺寻桤树翠光屯。
我来三拜诗中圣,眼底谁能共一论?

琴 台

千古琴台饰一新,牌坊雕凤黯然春。
文君旧日风流渺,倾国花追大款身。

成都百花潭

百花潭面水光昏,万里桥西急浪奔。
莫道城中纷扰乱,此间正好濯缨尘。

登峨眉山遇雨雾

石径萦纡着力跻,雨帘遮挂众峰齾。
浓云塞似蒸笼满,苍柏耸疑鬼阵迷。
相讶佛宫临嵼嶫,谁骑香象洗池溪。
华严顶上光明少,雾湿猿猴惨未啼。

乘轮过长江三峡

轮移赭壁认夔门,叠巘重重日色昏。
峡束湍流穿曲颈,涡盘滩石磨波痕。
争谈截断游龙颈,只恐纷迁滨水村。
何日更登高坝上,兵书宝剑梦犹存①。

【注】
① 兵书、宝剑,均为峡名。

出三峡过葛洲坝

才惊三峡险,已泛大江流。
洲畔绵绵转,丘峦对对浮。
葛洲开闸后,黄鹤在前头。
浩荡烟波上,吹散困卧愁。

武宁吟

(一)

水阔山围一镜明,碧波频送笑盈盈。
西湖滟潋徐娘老,不及宁湖别有情。

（二）

当年结社缔诗盟，猎猎旌悬古艾城。
争汲柘林库中水，根深叶茂鸟相鸣。

（三）

隐隐云雷送荫凉，楼头快论为弘扬。
柳山自有堂堂柳，更看班头社长张[①]。

1992年7月

【注】
① 武宁诗社社长张元。

送别林从龙先生

辗转东南万里程，龙云飘入豫章城。
又怜牵梦绕嵩岳，欲唤飚轮且慢行。

1992年7月

题黄道周画像①

是真豪杰岂图名，国步阽危慷慨行。
犹忆当年风骨凛，夜阑还舞剑光明。

【注】
① 黄道周，明末闽人，起兵拥福王，后失败被杀。

云南安宁楠园落成征诗

新筑楠园水石奇，此身疑到习家池。
长廊曲槛徜徉转，幽径叠岩顾盼宜。
高树摇凉鲜欲滴，活泉涵影鸟争窥。
何须访戴山阴道，轩阁怡心未觉疲。

原纺织工业部长李竹平八十大寿敬赋

青春许国上沙场，八十椿龄惜鬓苍。
自信心如葵与藿，犹馀气吐慨而慷。
驰驱铁马风云涌，延请天孙织锦忙。
闻道廉颇尚能饭，欲寻彭祖话沧桑。

闽南行吟草

南安市诗词吟诵艺术研讨会期间访贵溪村

海风吹若木，黑云狰狞覆。
驰往贵溪村，夹道鸣爆竹。
雨如豆粒筛，村童衣湿漉。
早有王先生，磬折招邀入[①]。
讲析中腠理，四声辨缓促。
拳拳爱国心，要沃春苗绿。
满堂暖生春，吟风渐清穆。
琅琅诵音嫩，惝恍散清馥。
南安邹鲁邦，仪范海内嘱。
鹿鸣臻大雅，诗脉得延续。
我已忘疲倦，浑如甘霖沐。

1992年7月

【注】
① 印尼华侨王国铭先生在故里贵峰创办诗词吟诵班。

游九日山

岩岩九日山，攒起护南安。
云蒸霞蔚处，秀美如烟鬟。
山麓平衍地，有晋时佛坛。

高塔凌青冥，兰若散香檀。
予生亦有幸，吟诵来其间。
骄阳浑不顾，联袂奋跻攀。
石壁谁遗迹，笔力龙蛇蟠。
万木凝苍绿，一径绕峰峦。
挥汗陟其顶，镌刻漫漶斑。
想当中原乱，南渡多衣冠。
故乡凋敝苦，半壁山河残。
茱萸几人插，北望泪潸潸。
子孙渐淡忘，辛勤垦荒蛮。
枝衍移海外，翻思此家山。
落地即生根，故国未须还。
我盼天下人，富庶足可欢。

厦门炮台

海波拍岸碧粼粼，万炮齐轰迹已陈。
却看天风吹过处，峻宇明窗栋栋新。

鼓浪屿

一屿横陈隔海陬，团团榕荫掩红楼。
可怜万国旗飘落，依旧洋人有派头。

鼓浪屿远眺二首

（一）

阴阴林绕寨门开，鼓浪声中上高台。
岚雾散时红日露，闽天尽处巨轮来。
风涛拍岸千楼耸，海峡分区几世哀。
望断台澎多少梦，盼谁高瞩是雄才。

（二）

金门未有战声来，依旧风翻雪浪堆。
空撰文章呼一统，剩将醽醁醉千杯。
纷寻故土投资热，莫畏低温吹气回。
请看移山填海业，苍茫闽地有奇才。

为奉新《百丈诗征》题辞赠冰云

肮肮碧野卧冯川，词苑高飞百丈泉。
从古切磋留翰藻，而今吟咏薄云天。
长河浑浩文澜绚，清涧琤琮玉韵圆。
一代诗征传海内，千秋交誉采风篇。
缀玉连珠费力寻，频年未顾鬓霜侵。
泉润一川滋玉蕾，山高百丈觅桐琴。
纷纷动地吟声朗，密密参天翠树森。
河岳英灵集重见，传灯不绝照当今。

1992年8月

九江长江大桥公路桥通车典礼

百柱齐擎千丈虹，茫茫九派一桥通。
楼船东去仍无碍，车队南驰似御风。
作势龙蛇终起陆，不羁骐骥欲腾空。
万人倾巷欢声动，我亦跻身手拍红。

1992年8月

龙虎山吟草

仙岩揽胜

访胜驱车入翠微,仙风迎我振尘衣。
才怜眼为溪光亮,又被苍岩古色围。

观棺台

嶙峋岩窟搁棺材,千古閟藏颇费猜。
欲觅先民奇习俗,更攀危径上高台。

悬棺吊装表演

巅系桔槔抽动绳,勇夫摇荡似飞腾。
古棺渐向悬岩吊,曳入穴中力所能。

天女献花台

裸身天女献花开,修炼元精欲孕胎。
自是阴阳多造化,沉鱼落雁怕羞来。

仙桃峰与猴子石

瑶池王母寿桃红，却坠溪边化一峰。
猴子垂涎却无奈，仰头痴看梦成空。

僧尼峰与莲花石

呼风唤雨仗天师，管领仙班忒自私。
僧负尼寻莲石坐，眼睁眼闭奈何之。

诗友合影

轻舟载客往来飞，芦竹滩头喜共依。
我欠山花山月债，结庵何处澹忘归。

1992年10月

省图书馆创收

省图书馆借阅线装书，须交保护费，读书人日渐稀少。

偌大图书馆，读书人寥落。
况今争赚钱，几人耐寂寞。
借书收费高，一卷收五毛。
名曰保护费，创收是新潮。

馆员一大堆，谈笑肆无忌：
"墙外办实体，兼去做生意。"

1992年11月

弃女婴

古代马柳泉《卖子叹》云："贫家有子贫亦娇，骨肉恩重那能抛。饥寒生死不相保，割肠卖儿为奴曹。此时一别何时见，遍抚儿身舐儿面。有命丰年来赎儿，无命九泉抱长怨。"今日更有弃儿女者，予广其意而步其韵。

超生不顾女婴娇，黎明偷向路头抛。
生岂不知父母责，惟此保得饭碗牢。
行人纷纷回头见，红褪紫来娇嫩面。
规定户口上不得，有命难救莫相怨。

凌公骥飞招邀宴坐

聚首高楼妙语频，况来洱海远方宾。
世间已酿经商热，座上难能倾盖亲。
老骥识途犹飒爽，俗尘遮眼未逡巡。
纷纷名利场中客，儒雅如公有几人。

题苏州徐步云《百福图》《百寿图》

镌石如泥技炼奇？何来苍颉缚蛟螭。
图开福相追彭祖，字法峄山梦李斯。
东海扬帆千叠浪，南山比寿柏林枝。
他年更作姑苏客，青眼为开识大师。

1992年12月

题吴建威先生纪念册

史海钩沉得骊珠，频年不顾鬓毛疏。
更开洛社耆英会，好写丹青九老图。

四十初度咏怀两律

（一）

早岁多艰苦折腾，九牛曳尾力难胜。
黄沙漫舞风催涕，漏瓦寒侵雨湿灯。
倦鸟迷空云霭霭，破帆出港浪层层。
几番冷眼观争斗，长护玉壶一片冰。

（二）

琅琅曾羡读书家，翻笑如今不自涯。
未惯逢迎钻黑道，每多睥睨让轩车。
有谁夸诞书中屋，欠我嘘吹酒上花。
锦瑟年华轻放过，犹寻瑶圃植新芽。

1993年1月

鄱阳湖白鹤

不辞万里征，奋翮到吴城。
湖洲坦荡荡，况有草青青。
四围静悄悄，湖镜照影明。
羽白冠顶丹，目炯神情清。
翩跹随琴操，嘹唳冲天鸣。
群居而祥和，彼此贡心诚。
往昔宿荒洲，枪声裂胆惊。
恐杀机四伏，饕餮残忍烹。
今日主人护，夜来安栖翎。
岸架望远镜，客来拍翅迎。
明年多邀侣，此地胜蓬瀛。
笑煞燕与雀，尘中老一生。

乘车过赣北平原所见

农夫不用力耕田,满畈平川迫种棉。
欲向遐方籴新谷,白条能否兑成钱。

1993年3月

贺江西文史馆建馆四十周年

南州硕彦归高馆,百载风雷绕笔端。
章贡波翻旗影换,匡庐雾散泪痕干。
文章得失千年事,史笔春秋一寸丹。
江右撷英成典册,定能传遍万人看。

安徽铜陵杏山葛仙洞

雨洗群峰染嫩晴,鸠声脆唤杏山醒。
相携秘笈寻仙洞,谁吸长川醑酒星。
波涌江河浮日白,石攒矛剑斫天青。
丹炉烟袅温前梦,花堰泉流洗耳听。

沪上杨凤生吟长惠诗用
《春申雅聚抒怀》原玉奉和

层霾泱漭幸能开,天意昌诗未厄胎。
残泪犹翻波入海,晓风轻曳雪沾梅。
涴尘明玉由人识,结秀高桐引凤来。
四壁缥缃供守缺,笑他商海有浮财。

为王咨臣先生题《白云董垅课读图》

清江如带蜿蜒流,高松翠拥读书楼。
中有俨俨父课子,经书义蕴孜孜求。
此图历历惊回首,犹疑琅琅声出口。
七十年来白发新,云烟过眼知然否。
朝来得钱暮购书,莫管明朝有米无。
版刻精疏慧眼鉴,唤谁再绘搜书图。
男儿志气当自强,岂必附势求飞黄。
坐拥书城八千卷,倚窗胜作南面王。
名山事业勤呵护,王子王子莫嗟生计苦。
商海滚滚红尘满,我辈抱残守缺皆不顾。

欢迎日本《吟咏新风》主编大井清先生来江西

九畹滋兰素所钦，况来云鹤自东瀛。
匡庐拂黛招苏轼，章贡漾青盼晁衡。
坐啸西山飘雾至，行吟南浦咳珠成。
滕王阁上群贤集，欲把诗文仔细评。

1993年10月

溪霞水库，坝外有铁拐李悬石

溶漾波光渺渺烟，巍巍坝锁水中天。
此身疑作桃源客，更诧飞来铁拐仙。

春来喜接海上陈德剑诗依韵奉和

观鱼濠上德充符，门外犬迎春色殊。
独恨萨城飞炮炸，无辜人已血模糊。

1994年2月

奉和孔凡章诗丈甲戌迎春曲

人到中年世事更，万民忧乐总关情。
众门联迓春光射，残壁苔随夜雨生。
江湖浊清知涨落，鸡虫得失笑枯荣。
扬雄此日忘玄白，听得太平犬吠声。

湖星诗辑

三清山吟草

德兴汾水出发

弥天大雾喜能晴,渐露群峰竞献青。
邀伴杨清桥上过,娇红嫩绿涧边迎。

登 山

攀藤扶杖上层阶,荡荡天门紫翠开。
纵是高岩盘鸟道,排难奋进破云来。

少华福地有三清宫、龙虎殿、貔貅松

四周峰壑抱琳宫,鳞骨虬身古貌松。
一殿高从悬崖立,旁蹲石虎踞雕龙。

夜宿三清观

黝黝峰腰磷火飘,飕飕风咽黑松涛。
莫传神鬼惊魂事,敢有歌声破寂寥。

玉京峰极顶望远

削出崚嶒万仞高,仙姑玉髻耸云涛。
却疑缥缈蓬莱境,稍逊此中一段豪。

巨蟒女神石

巨蟒出山崭崭雄,兴风作浪噬苍穹。
何来秀发女神睇,不许抛残修炼功。

日上庄观奇峰并观音现指峰

危岩峥崒众天门[①],割雾嘘云日月昏。
只恐峨峨峰溃散,观音现指定乾坤。

1994年4月

【注】
① 其峰丛有东天门、西天门、南天门。

贺都昌诗词学会成立

欣闻吟帜举都昌，远绍文风盛此邦。
雨润阳储松竹陇，韵传彭蠡水云乡。
百年歌哭宜多咏，九派诗流祈共商。
我欲凌空归故里，南山扪字酌泉香。

刘引自武昌归来，以跛足创办爱心之家

归乡已浼隔年尘，倚杖来观浩荡春。
铁手凿开风月地，银桥架流斗牛津。
筹谋定得折肱士，远志何妨膑足人。
赢得爱心连万户，沙边鸥鹭亦相亲。

贺愚园老人九秩大寿

惯历风霜止水明，摩挲老眼看莺鸣。
难能闭户陈无己，莫羡弃家尚子平。
洛社诗吟添雅兴，青精饭好啜香羹。
耄犹身健追彭祖，鹤发童颜善养生。

1994年5月

挽张毓昆诗座

驰骋吟坛老健雄,翩然化鹤太匆匆。
从今怕向东南望,梦里犹萦慈面容。

1994年9月

祸训

哀少奇

祸埋三自与一包,炮打高峰电火熛。
对垒两家司令部,遭殃十年革文潮。
蒙冤事已昭昭白,追思愁难黯黯消。
犹望权低于法日,冥冥魂魄或能招。

读陈三立崝庐诗作慨然感赋三绝

(一)

惨淡神州八表昏,蓬瀛独辟一庐存[①]。
可怜猝尔隔重壤,留待蝼蛄啮菊根。

（二）

叠翠灵峰峙散原，崝庐荒寂绕诗魂。
国忧家难迷茫处，携泪年年到墓门②。

（三）

魂翻眼倒泪悲吞③，凿险缒幽火电奔。
我羡峥嵘奇气骨，森然魄动看昆仑。

1994年9月

【注】
① 三立父陈宝箴于变法失败后归西山筑崝庐，榜联云："天恩与松菊，人境拟蓬瀛。"一年后卒于斯地。
② 宝箴逝后，三立每年来此祭扫小住，其诗云散原山为"灵峰"。
③ 崝庐诗皆血泪泣而成，国难家愁，亦其诗最动人之所在。

江西诗词学会二代会在新余钢铁公司召开致贺

六载风云幻，艰难砥砺来。
秋霄经雨洗，菊蕊破霜开。
沸涌诗情壮，纷呈锦句裁。
欲知材铸秘，更上炼钢台。

1994年10月

新余仙女湖龙王岛眺望

群峦开豁水晶宫，波映森森黛影重。
新造蓬瀛三百里，龙来蟠结此山中。

1994年10月

石天行病逝杭州灵骨运回南昌赋此致哀

星坠武林霾电驰，灵车乍返信犹疑。
山高水冷泽流处，雨冷云昏魂断时。
创学会功扛鼎力，开诗词派领头旗。
西江风雅公能继，悼思绵绵万口碑。

第二届中青年诗词研讨会期间游清远飞来峡

粤中开胜境，此地有蟠虬。
峡束澄江怒，寺依峭壁幽。
迷离寻古篆，缥缈上飞楼。
惬兴求真赏，云来欲揽留。

1994年11月

傅周海工艺师嘱题自画像二绝

（一）

入无我境出天然，溉我心田活水泉。
身外是非皆不管，一舟飘出碧溪湾。

（二）

诗心画意识真诠，汩汩心源活活泉。
无我境中师造化，笔端突兀万千山。

赠青年画家王小波

笃情率性见天真，画有禅机笔有神。
形似神离终觉浅，浑然一气盎然春。
酌酒携壶自买春，柳阴路曲见幽人。
更师造化气深厚，墨韵飞时鱼鸟亲。

贺徐麟先生《生物韵文》问世

芥子中藏世大千，生机况是禀天然。
诗心偏爱此间趣，定是多年夜不眠。

香烟组诗

赣 牌

烟丝黄灿化氤氲,相见时难一笑温。
人说赣江风物好,况今此品最提神。

南昌牌

烟丝缕切烤金黄,信手拈来拥鼻香。
借问何方高品有,伊人遥指在南昌。

南方牌

慢吐轻吞瞩四方,兰桡桂桨溯流长。
人人尽说江南好,况有烟香醉水乡。

鸳鸯喜牌

鸳鸯宛在水中央,忽向天空自在翔。
赢得檀郎齐瞩目,遗香飘过沁心香。

百花洲牌

百花洲畔四飞花,倚槛悠然看晚霞。
一缕烟圈升袅袅,伴君遐想到天涯。

赣州桥牌

莫愁章贡水迢迢,浓馥香中愁尽销。
更看重山通铁路,烟波江上起虹桥。

瓷都牌

嵯峨高阁耸双珠,香气氤氲散五湖。
请试焦油醇味正,妙哉不负古瓷都。

十字路口交警

十字街衢铁臂挥,眼观六路令行威。
分流须待绿灯亮,抢道难防血祸危。

端阳雅集金牛企业集团

进化理论久阐扬,物竞天择见弱强。
达尔文说诚不谬,人工选种更臻良。

君不见南昌之北赣江旁，创设畜牧良种场。
引进品种精心育，观察挑选费衡量。
奶牛谓是传异域，繁衍安居水云乡。
牛身壮硕目炯炯，踌躇顾盼气昂昂。
况乃此牲多乳汁，源源不断入机房。
奶粉不负英雄名，独占鳌头驰八方。
又闻市场机制即竞争，多种经营插翼翔。
我盼干群齐努力，年年创优奋腾骧。

1995年6月

题李宗章《白云堂诗词稿》

采得灵根手自栽，梅英菊蕊绕堂开。
天机涵养春常在，飞鸟白云自往来。

悼南宋名臣，邑先贤江万里

烟尘滇洞铁蹄驰，岌岌山危更咎谁。
九地横流丹血淌，一星高坠黯风凄。
曾遗惠政人争颂，岂俯天骄节乃奇。
我恨贾奸多误国，梦回止水有馀悲。

悼都昌吴楚英,为吾祖父之弟子

蠡水精灵楚地英,亦儒亦侠骨峥嵘。
诗吟忧患梅边醉,龟鉴疑难眼底明。
义释阿瞒肝胆谊,术如扁鹊杏林名。
我闻曾入昭琴馆,欲往珠山泪已倾。

悼上犹诗社副社长刘欲善

微茫大地月如眉,谷荡吟声袅袅悲。
沥血诗成风雨至,傲霜骨立鬼神奇。
一朝化鹤公何速,八表驰函我恐迟。
恍见楼头音容在,来年泪溅墓门碑。

居定山外办招待所,应邀撰写《中华正气歌》

处处浓阴处处花,冈峦织翠隔喧哗。
晨来鸣鸟声声脆,夜静如同野老家。
看如容易构思难,断送头皮过五关。
恨不读书翻万卷,重登绝顶览群山。

《中华正气歌》人物咏赞

王安石

蒿目时艰国蹙穷，力排众议破疑丛。
但教新法行天下，一任人讥拗相公。

1995年10月

戚继光

云黑沉沉海浪高，戚家军怒战旗飘。
马蹄奔处刀光闪，岂让倭兵夺路逃。

陈化成

炮击重溟来犯鲸，挥刀犹自奋雷霆。
峨峨柱折国门破，浪卷吴淞血雨腥。

黄花岗七十二烈士

虎豹当关白日沉，欲从南粤撼秋阴。
志士冲锋甘蹈火，长留血沃柏森森。

叶挺颂

当年名将起珠江，百战方知智勇双。
黄埔怀志驱军阀，东征提旅平孽殃。
北伐赳赳铁军动，武昌城下决金汤。
南昌起义红旗奋，顿教风暴镇敌狂。
皖南组军破倭虏，孰料惨祸起萧墙。
烈火之中求永生，岂从狗洞爬出降。
凛凛节概铮铮骨，浩然正气燔然光。
蟠结山岳千丈峙，奔流江河万古长。

江西美术出版社邀数人为《正气歌》作注释，时居农业大厦

苍然寒霭满城头，漏闪灯光映万楼。
诗约名家来禹甸，注招我辈战洪州。
切磋字句争难免，褒贬忠奸兴未休。
百世风云归眼底，一书能祛古今愁。

观彭友善、吴惠生夫妇诗书画展

挥毫点染得天真，满壁生辉妙入神。
犹惧绢开群虎动，乍疑风送畹兰芬。
柳梢燕语相怜伴，劫后龙吟不老身。
赢得声华惊宇内，纯青炉火广传薪。

邓志瑗师八十大寿，原玉奉和兼慰丧偶之痛

桃李繁连泗水春，焚膏继晷莳培辛。
程门人受温淳诲，马帐我闻謦咳亲。
疏补茂堂通典制，律追山谷趁昏晨。
鼓盆歌约漆园吏，想见东篱采菊人。

八桂行吟草

游桂林象山

昨随导游带，晕头不知向。
掠影馆与村，人皆言上当。
我今独自行，囊空而胆壮。
象山忽峙前，青眼为之亮。
登巅辨东西，峰林自远障。
明灭一水来，蜿蜒玉带状。
奇岩插江湄，角雄不相让。
北耸伏波山，欲与叠彩抗。
南蟠南溪山，岂依穿山傍。
香象渡江来，垂鼻漓江上。
谁言佛法力，拱造由天匠。
我立象山背，一时心目旷。
大野如绮席，穹天如罗帐。
悠悠天地心，俯视弥弥浪。

1995年10月

熊东遨点评：前四句写群游，道尽了某些旅游部门的坑蒙拐骗行为。先生谦谦君子，"上当"在所难免。后一大段写独游，大得自然之趣。"囊空而胆壮"，真独行侠语也，没有前番"上当"，安能生此豪气？以下极力描摹风光，山水宜人，人宜山水，大有"我见青山多妩媚，料青山见我应如是，情与貌，略相似"之概。

广西宜州壮族山寨风情一日游

村寨姑娘挥手别，滑移游艇掉头行。
嵯峨峰笋拄天立，浓密丛篁夹岸青。
岩转谲奇山泼黛，溪流油碧涧潆清。
今朝未了风情债，何日重游一日程。

黄庭坚学术研讨会在宜州召开，睹奇峰有怀黄山谷

棱棱瘦骨有丰神，恰似巉峰迥出尘。
莫道宜州边地远，此间风物敬斯人。

自宜州往柳州途中观奇峰竞耸

此行有幸附骥尾，依依惜别主人公。
暝暗即起车开动，穿峡迎面熹光红。
飞来淡青落紫翠，去后关山遥重重。

数村点缀碧野旷，平地拔起千柱峰。
高髻玉女亭亭立，醉酒莽汉鬘髯松。
观音端详俯尘世，弥勒大肚嬉从容。
金鸡翘首啼天晓，顽猴轻捷能腾空。
各具个性争独立，岂与他山蝉联同。
山水不愧甲天下，偏得天遣神斧工。
山谷老人结缘早，羁宜过此仙境中。
众人不眯逡巡眼，只恐锦障难重逢。
况乃千里莺鸣友，共此天清日微烘。
我盼飚轮稍减速，转恨行程驰匆匆。
何妨滞留三两昼，挥毫状此妍与雄。
纵难追觅山神似，略摄峰影憾弥缝。

父患帕金森综合症五载苦不堪言来昌半年即思回星子

我父本铁汉，病魔缠衰老。
头胀拉网痛，每叹如何好。
幻觉不自制，夜半频吵闹。
巍巍移步艰，身萎颜枯槁。
发作少间歇，手足颤不止。
乍起争要睡，甫卧呼要起。
否则拚命呼，所欠惟一死。
思眠不安席，奄奄气息沮。
哀哀我慈母，日夜忙不已。
岂止端茶饭，抓痒兼背捶。

漫漫长夜捱，耗力上下曳。
儿亦徒悲悯，束手奈无计。
上年来南昌，滞留久欲去。
恐儿受牵累，因公而劳虑。
儿言归不得，昼夜无人替。
归难留亦难，黯然相对涕。

1995年10月

哀吴孟复先生

唷电驱雷裂太阴，松楸哪忍听櫹椮。
哲人已萎灵光黯，洙泗春风梦里寻。

1995年11月

贺石城琴江诗社成立五周年

石城高踞赣东南，琴江激石声琅然。
百世诗风未消歇，一朝结社吟兴酣。
况逢春送开放策，新潮新貌摄毫端。
联谊海外兼台港，鸿雁振翥云霄间。
鞭挞风霆展身手，秀句锦章不胫走。
江山遗愿尤感人，墓前臻语魂安否？
于今五载吟旌扬，万壑松竹凝清霜。
我恨未能亲身往，珠玉赓和入混茫。

福建天寿禅寺兴建感赋

风轮五百年，天色复澄鲜。
碧耸丛林秀，红升海日圆。
慈航来渡众，法雨促开莲。
欣悦逃禅地，还思活水泉。

重阳后一日游宝峰寺，过小湾水电站即古之泐潭地

禅悟何须磨镜台，即心即佛石门开。
九峰尊祖朝雄殿，十柏参天拂劫灰。
坝锁狂澜轮转电，波浮层翠峡奔雷。
宗风曾是传江右，重见马蹄蹴踏来。

1995年11月

靖安诗会即席用卢社长原玉奉和

水木清华碧润黄，珍奇天赐遍城乡。
林峰屏列秋光泼，诗国花开字画香。
三爪仑高同采菊，双溪水碧广招凰。
阴霾过后清风在，更有淳情胜酒浆。

梦游西塞山以应征

才辞庐阜泛仙槎,来看矶头拥翠霞。
山扼长江兴碧浪,月垂故垒映黄沙。
九曲回流终浩荡,数番烽火剩悲嗟。
虹桥高架通南北,要塞今移到海涯。

参加江万里揭碑仪式并登南山极顶二首

(一)

城南翠微近,湖光围岩峣。
久闻野老泉,传说多碧桃。
轻车鱼贯进,彩旗猎猎飘。
军号奋勇响,队鼓急促敲。
礼花灿灿落,炮声镇喧嘈。
一碑峨峨立,风骨凛高标。
馆基今始奠,规模想来朝。
壮烈江万里,英魂伴龙咆。

（二）

结伴穿幽径，登登出林梢。
绝顶开眼界，长啸意气豪。
纵览水天阔，滉漾簸云涛。
矶山亦门户，螺髻如可招。
俯瞰城区阔，楼台千栋高。
鱼池如方罫，湖湾育珠瑶。
东北连沃野，百里锦绣描。
故乡洵可爱，前途应多娇。

1995年11月

四十三初度适元旦后二日

市海藏身自在天，偏将校注误华年。
苦吟岂是求名世，宏论惭无欠立言。
江阔来朝租艇渡，春深何处看花妍。
却从四壁缥缃里，今古诗心试凿穿。

1996年1月

丙子迎春曲，步姚平诗家原玉

水仙绽蕊恰逢春，呵护幽馨叶片屯。
不慕浮云矜富贵，自甘故土守清贫。
列车飚驶终通境，香岛璧归倒计辰。
莫道西江财力弱，湖山烟景在翻新。

丙子元宵诗会雅集民星集团

元宵鱼龙灯舞后，风云际会拂征衣。
我来莲塘看新柳，东皇处处催芳菲。
眼前错落群楼起，坐断洪都南郊圻。
十大体系重科技，八达网络畅生机。
饲料配制多品种，洋洋得意猪养肥。
抗菌防疫研新药，药到除病牛羊腓。
摆尾鸭夸毛色亮，生蛋鸡唱日不稀。
提炼天然生物液，怡神健体滋入微。
两个文明插双翼，伫看集团腾空飞。
敢为国营争鳌首，长空辐射明星辉。

1996年2月

挽省图书馆专家、省古籍整理小组成员熊飞先生

恂恂儒雅友松梅,落落襟怀志岂衰。
积学五车勤寸晷,厘书万卷扫微埃。
抱冰枯血双山注①,考镜辨章七略才②。
皎洁依然洲畔月,斯人已去恸兰台。

1996年2月

【注】
① 双山:文文山、谢叠山。
② 《七略》:汉刘向著,目录学之滥觞。

海上陈德剑嘱题其集用其原玉奉赠

识君侠骨岂非缘,海内争传义薄天。
驾鹤乘云行万里,源头探得酌清泉。

谷雨九岭诗会在樟树市召开,即席口占

雨久疑天烂,云开喜净空。
生花来妙笔,咳玉仗群公。
绿涨清江岸,莺鸣阁皂峰。
莫辞香冽酒,明日访仙踪。

1996年4月

谷雨后一日游阁皂山

久闻阁皂宗，访道幸相从。
车过鸣水桥，谷口肃立松。
豁然一壑阔，涵吐烟云重。
回嶂如构阁，高崛凌云峰。
缅怀餐霞人，杏林邈难逢。
何年凿古井，遗在陋屋中。
俨俨崇真观，台塑葛玄公。
信众络绎拜，爆竹喧赝宫。
书院三株桂，齐撑绿阴浓。
传闻紫阳来，开讲琅玕丛。
小憩得静乐，凝思大化功。
际此兰亭会，欣戚感相通。

《珠山吟友》汇编在即，爰遵主编吴健民世兄嘱敬题

天荒地老君仍健，雨骤风狂我亦经。
珍护昭琴存世谊，新编词翰聚文馨。
恍如侠骨遗风在，欣见门庭玉树青。
何当龙珠阁联坐，高吟应能入苍冥。

张家界吟草

游天子山，时逢大雨如注

早知如此不该来，风雨满山扫不开。
却喜蒸腾云渐白，嶙峋岩擎九天阶。
痴待云涛渐渐无，苍松奇石雾中濡。
万年冰冻炎蒸后，始信丹青画不如。

1996年5月

陈良运点评：第一句来得突兀，完全是日常口语大白话，应该目为"拙句"，但与后三句相配，却大有工拙相济之趣。（《话说活色生香》，《中华诗词》2005年第4期）

赫曦台观云海

云黑聚如铅块凝，雾轻袅若白烟腾。
峰岩一例泯形迹，转瞬云崩石露棱。

水绕四门

峪口相交到此奇，苍岩拔地比高低。
壑抽万木森森处，中有清清不断溪。

熊东遨点评："峪口相交"，奇景凸现。次句一"比"将拔地苍岩写活。结句活水源头，潺潺不尽，亦是题目中意思。"水绕四门"在张家界与索溪峪之间，为武陵源风景区胜境。（《我评诗词百家》）

自水绕四门入金鞭溪

高岫参差耸，一溪绕四门。
清音敲静阒，人影带微喧。
昼短丛林瘦，峡深万绿存。
红尘不来染，此乃武陵源。

九天洞，为亚洲第一大溶洞

山中别有天，鱼贯下罅瓮。
一壁蟠石松，远客劳迎送。
降阶入地肺，豁然宫殿众。
霓虹牵映射，隐约见华栋。
九眼漏天光，乃名九天洞。
或如峰林攒，斑白洒霜淞。

或如高原阢，有马失其控。
或如侣相依，或如晨鸡哢。
或如黄牛饮，或如悬翔凤。
大千皆谲怪，恍入南柯梦。
可怜我辈来，炎夏苦寒冻。
犹得伴地仙，浮生叹侄偬。

天子山

雄踞张家界，世称天子山。
峰岩青翠里，楼阁白云端。
眼瞩飞鹰渺，袖挥楚角残。
贺龙留胜迹①，铮铮铁骨寒。

【注】
① 山上有贺龙公园，园中有贺龙塑像，高数丈。

题星子项亚平先生诗集

自葆清操出浊泥，岂因文祸坠无为。
长江白浪催诗兴，彭蠡秋光惹梦思。
但欲陶熔归化境，能将冲淡颂明时。
停云霭霭频回首，难得忘年倾盖知。

夏凉戏作

连日骄阳射火行,逼人皮躁心发慌。
今朝黑云裹毒日,天公肯送丝丝凉。
两排杨树翻万叶,逗来几点雨闪光。
却疑此即瑶台境,炎蒸驱尽神智扬。

1996年7月

与自振兄同游麻姑山

麻姑名胜境,秀耸盱江边。
仙人渺何处,沧海变桑田。
我昨结伴往,寻酌神功泉。
玉练腾紫雾,龙门弄潺湲。
豁然一平湖,风皱碧漪涟。
辉煌重新阁,碑廊展大千。

甘肃行吟草

陇上引水行

小序：在永登县引黄河上游大通河水入秦王川灌溉，为世纪水利工程。

一自洪荒遗世界，苍天造物有不公。
陇原少雨多苦旱，十年九旱粮难丰。
穆里山长祁连雄①，峡深林密郁葱葱。
众溪合流大通河，喧喧南奔沟壑中。
惜乎东为乱岗阻，纵有大野不得顾。
可怜年年水空流，秦王川上春难驻。
君不见毒日射地成焦土，秋风搅尘漫天舞。
草稀树萎小麦枯，生民哀哀祈水苦。
犹忆勘察引水计，三番开工濒停滞。
工程浩大叹无资，徒有铁肩器不锐。
开放春风浩荡来，引资招得三国材。
运筹帷幄何果敢，先进机器奋风雷。
背水一战死亦休，功如亏篑事可哀。
泥石流泻志不垮，石骨蟠结力能摧。
直穿岩腹开隧洞，倒吸长虹自流送。
或从地底通涵管，或架渡槽拏龙纵。
远自天堂锁奔湍，擘分清流过群峦。
水路开通即活路，齐心攻破千重艰。
电控闸开干渠枢，锦浪欢腾入支渠。

涓流源源溉沃野，众手共绘桃源图。
川南川北麦涨云，山坡山麓草铺茵。
猪羊满栏鱼跃池，碧树掩映村舍新。
我今应邀陇上行，客心已为伟业惊。
千里莽原望无际，想见新矗卫星城②。
林如屏带交错织，渠如蛛网纵横行。
更共骚人歌引水，醉聆韵逐流水声。

1996年8月

【注】
① 穆里山在青海省，祁连山在陇西。天堂:寺名，在大通河上游。
② 秦王川中将建兰州卫星城。
此诗获中国第四届新田园诗赛一等奖。

观引大入秦工程

苍莽众山中，藏龙隧洞通。
凿穿蟠石骨，倒吸卧沟红。
想见风雷动，招来器械雄。
淙淙流过处，已是碧丛丛。

庄浪河渡槽

百柱齐擎千丈虹，清流横渡过天东。
李冰如在当惊问，谁创济民第一功？

天堂寺引水渠首

喧喧湍在此回流,引水应须控上游。
关闸轰雷蛟伏首,开渠越岭众消愁。
近天峰崿残云断,沿峡麓坡碧树稠。
锦绣秦川春在望,艰难莫畏共筹谋。

游兴龙山时在午后

丛嶂合围拱一门,奔来急濑洗云根。
密松翠沁衣襟冷,嶙壁高留日色温。
瞻殿恍闻驰铁马[①],抗倭遥忆有忠魂[②]。
山灵佑此林峦秀,万绿何时遍陇原?

【注】
① 山间有成吉思汗寝殿,壁上悬挂其豪言壮语,柜中有铠甲兵器。抗战初期移灵于此。
② 抗战名将冯玉祥、张自忠均曾驻此。壁挂于右任游此时所作抗日诗篇。

火车过郑州

不尽春林雨织愁,此身曾向陇西游。
流光织翠知多少,肠断伊人更上楼。

游岳麓山过书院，毛泽东年轻时潜修于此

豫鄂超平原，来叩岳麓门。
望远皆茫茫，压巅云雾屯。
降阶访书院，盘桓新庭垣。
岿岿大成殿，崭崭拟兰轩。
千年弦歌地，澄心避尘喧。
斯文赖不坠，朱张溯道源。
世纪风云会，伟人别山村。
沉浮问谁主，砥砺同晨昏。
欲成大事业，咬得老菜根。
惨淡龙蛇斗，终乃转乾坤。
我抱鸿鹄志，沉沦一小鳞。
寥寥悲生意，忽忽四十春。
既羡此中儒，静乐研道真。
爱晚亭中坐，宛然见风神。

北京柘潭寺，时居门头沟参加诗会

柘稀松老日斜昏，迟叩千年清净门。
已锁云堂空怅望，难寻潭畔海桑痕。

1996年10月

游香山寺

一径幽深翠霭屯，壑中红叶杳无存。
双清别墅留清雅，寺毁于兵础有痕。

访北京北兵马司17号，为中华诗词学会会址

神州诗会此中心，小院屈居陋巷深。
牌位又传无处置，皇天何日肯躬临？

井冈山五龙潭

灵源来何处？白绢挂半空。
仙女峰缥缈，三壁岩削雄。
深峡裂地底，怒湍撼雷隆。
砰击五台阶，夭矫跃五龙。
径如绳绕壁，林密不碍风。
抬头天光现，峡旁峰丛丛。

1996年11月

井冈山奇虹峡

曲径穿林翠滴衣，幽谷破寂潺潺溪。
满壑碧树遮不住，苍崖两壁争献奇。
忽然雷撼巉崖断，却陟峡底看瀑飞。
清湍攀岩夺路出，堆花喷雪分两支。
一支天孙掷梭织，绡帘百丈悬空垂。
一支冰溜跌撞碎，嶙峋壁挂千缕丝。
瀑生风飘雾霏散，日光来射五彩霓。
众流汇潭归静寂，隐约天光浸琉璃。
此峡古来蕴灵异，一朝抉秘诗咏迟。
更待明春杜鹃啼，万花攒树眼欲迷。

刘中天先生惠赐铜鼓特产竹席，诗以谢之

刘君与我忘年友，老来作诗三百首。
精金美玉苦炼成，推广诗法好身手。
二番邀我铜鼓行，竹林绿海足怡情。
但闻慷慨击壶缺，与君夜话连宵明。
昨朝远贶楠竹席，顿教炎屋驱蒸溽。
琅玕养自大沩山，深山猗猗远尘俗。
竹片光洁中剔空，尼龙丝缀澄黄玉。
铺如田畦划沟渎，软随席梦思起伏。
惭我贱体任横陈，日伴如意竹夫人。
使我神驰试剑石，地灵当产希世珍。

崇艺世兄影印黄养和《镂冰室诗》属题

樵隐凰山后有人，昭琴馆里庆传薪。
镂冰洁与松梅伴，养气和招猿鸟亲。
独步天衢搜秘怪，每敲诗句振芳津。
而今手泽欣重印，峭健风神历世新。

题陈庆元教授所著《福建文学发展史》

综罗百代焕灵光，闽海文澜溯宋唐。
严羽别材开法眼，紫阳理趣拓诗疆。
缥缃遍阅韦编绝，书稿终成翰藻香。
更待风华挥彩笔，峰头应并石遗双。

送学兄邹自振归闽就教福州师专

邹子涵泳图籍富，临川文风得延续。
力健声宏奋振起，赣东自能鼎一足。
藻采连翩云霞蒸，硕果垂挂枝叶簇。
我卜来年必大成，巨鳞岂是池中物。
犹忆订交盱江畔，共酌麻姑神功泉。
昂首问天飞咳唾，兴酣脱帽类张颠。
忽闻启碇归闽江，手难持笔心茫然。
楚才惜将为晋用，班荆坐论知何年？

1996年10月

姚江诗社成立十周年感赋

谁举吟旌振铎音，耕耘诗苑碧森森。
灵犀广结嘤鸣友，海宇争传云水襟。
为继先贤甬上躅，新编当代浙江吟。
天风鼓荡开新纪，更看甘霖洒上林。

悼邓公小平

大任降斯人，行藏每自珍。
倡言求实是，设计出迷津。
铁腕除丛弊，赤心秉国钧。
前行须大步，远瞩布阳春。
忽报宸星殒，不禁泪雨频。
依依瞻笑貌，惘惘梦慈亲。
往日蒙恩泽，明时贡贱珉。
际逢新时代，试看小康臻。

题龚春蕾《金鸡集》

指点江山意兴高，胸襟坦荡性情豪。
推心置腹求知己，正色轩眉耻折腰。
眼望春来勤护蕾，思如潮涌爱挥毫。
江南早有识途马，起舞闻鸡破寂寥。

有 感

宝座堂堂京兆尹，屠刀霍霍压群雄。
闻道副手竟自杀，揭开内幕黑重重。
翻云覆雨在日下，岂止助长贪污风。
只因权力无制约，居然多年假大空。
天公一朝奋霆怒，万人唾弃陈玄同。

宜春地区丙子重阳诗会

九岭幽兰世所珍，袁江风物最宜春。
耕云播雨经年后，拭目龙吟起奉新。

1996年10月

白居易谪居江州，挚爱庐山，后升忠州刺史而去，际此去世1150年感赋

身如病鹤卧江边，一曲琵琶涌泪泉。
新构草堂松竹护，厌趋朝市是非捐。
何妨岚翠终年看，况有桃红四月妍。
自别匡庐情未了，诗魂长绕白云巅。

1996年10月

南宋刘琦尝建不世之功，终亦投闲置散，赋此志感

四郊多垒战云焚，人倚刘家十万军。
誓为神州扶地轴，拚将剑弩扫妖氛。
屡施奇策兵心振，力破重围血雨纷。
自信廉颇犹未老，怆颜一笑付微醺。

贵州黄果树大瀑布

丛嶂苍莽云烟开，我如鹏搏颠簸来。
湍流奔喧穿幽壑，石骨蟠结耸崔嵬。
忽闻昆阳激战鼓，银河倒泻白龙舞。
虞渊冥晦翻地轴，铁马盘涡震天宇。
万钧霆斗日月摇，激涧波涌海门潮。
驱蛟走鼍供鞭笞，悬注释奔啸崩雪涛。
瀑藏玲珑水帘洞，坐观六窗纷鸾凤。
龙须带雨天花坠，猴王借扇仙风送。
跳珠腾雾气淋漓，日光来射五彩霓。
金光玉色相荡谲，虹桥蜃景变幻迷。
噫唏海内名瀑以百数，何独推尊黄果树。
乃知天意属贵州，游览业成致富路。
我欲携取灵源水一壶，去救东篱菊半枯。
盼水击轮飞发电足，千家万家焕明珠。

1997年2月

熊东遨点评：写得黄果树瀑布如此有气势，令人心往神驰不已。结尾四句怀济世之心，尤见高格。蔡厚示先生谓此作"卓荦不凡，自具手眼"，自是的论。　（载《我看诗词百家》）

李木点评：诗的本质在于抒情，其大气磅礴之笔力源于大气激扬的襟抱、不凡的气质与丰厚的学养功夫。可见养气对于作家何等紧要！至于意象的有机整合，咏物寄怀以及独到的审美视角、审美艺术感受力、诗家语的驱遣、才气等尤见其深厚内功。刘勰云，"登山则情满于山，观海则意溢于海"（《文心雕龙·神思》）。情意者，乃诗之根本。此诗前二十句状景于虚实之中，运用赋比兴、夸张、想像、烘托、置换韵部诸艺术手段，景情交融，境界阔大，佳句叠出，于空灵中呈飞动壮美之势，形神兼备，激荡人心。后八句抒怀饶有馀味。诗中作者的生命质量之歌，信而不诬也。（载《贵州诗词》2007年第3期，评《贵州诗词》2006年1-3期佳作展示）

元宵夜忆春后别故里父母

晴暖回春日，飞腾到上元。
双亲噙泪别，千念与车奔。
楼角冰轮辗，路边焰火喧。
茫茫星渚岸，留待梦中温。

1997年2月

吕小薇《竹村剩稿》梓行，择日招饮书城饭庄，姚公云不可无诗，步周錾老韵奉赠一律

晴光入座暖书城，来贺九皋一鹤鸣。
说法生公拈妙谛，传衣马祖待齐征。
金婚还笑梁鸿妇①，春酿不思阮步兵。
更卜年年耆宿健，吟诗养性得长生。

【注】
① 座间姚公吟其金婚诗数首，见其伉俪平等濡沫情深，而梁鸿之妻孟光举案以事夫，不敢于鸿前仰视，何其卑恭也。

广东《当代诗词》创刊十五周年征诗感赋

屈子行吟地，骚魂万古春。
渊明田园祖，李杜双星辰。
玉局招学士，涪翁开派畛。
煌煌三千载，九域多诗人。
五四风波起，诋諆太不仁。
律声为谬种，骸骨视家珍。
松柏未凋朽，炎寒历苦辛。
八方有同慨，踸厉盼飞麟。
黄钟返鲁殿，天意昌诗神。
岭粤一旌奋，风云四海巡。
十年培元气，九畹播灵芬。

峰壑泉活活，禹甸花茵茵。
传统须承继，推阐有果因。
振兴共鼎助，嘤鸣会嘉宾。
发扬在吾辈，锐志在传薪。
所望青衿子，拓路启征轮。

1997年5月

荆州天问阁遐思

滚滚长江沃荆楚，天问一阁耸江渚。
遥想屈子高冠行，到此仰天生疑绪。
天际隅隅谁知数，黄道日月如何属。
恨不凌空飞健翥，沉吟无奈天不语。
一自诞生哥白尼，始知地球绕日驰。
尔来科学创辉煌，或可了却灵均疑。
如今层出新奥秘，星云黑洞谁能窥。
何日飞船翔宇宙，一释人类之好奇。

题广西萧瑶《逍遥山庄诗稿续集》

逍遥境界是神游，鱼跃鸢飞得自由。
忧患岂能妨坦荡，真淳未必不风流。
幽深庭院双青柏，浩荡乾坤一白鸥。
我羡箫心兼剑胆，声声吹裂海门秋。

西山吟草

　　西山在南昌市之西，又名散原山，风光秀丽，胜迹甚多，惜游者不多，民国诗人曹经沅即有"说与城中冠盖客，如何交臂失西山"之叹。8月30日，省电视台姜炎邀盛元、晓华与予往游。

观脚鱼潭，时降大雨

浓翠濡青竹万竿，雨肥一瀑撼丛峦。
鳖鱼休得兴风浪，遁世潜潭自泰安。

1997年8月

洗药湖

（一）

真人洗药白云端，湖受天风阵阵寒。
明日悬壶挑一杖，为医民病下西山。

（二）

一泓碧亮四围青，只与仙人洗药灵。
仙去人来楼阁噪，空空湖漾水中星。

西山观景台，日本歧阜县与江西省共建

（一）

缥缈层峦拾级登，东来云气郁蒸腾。
迷茫了不知何世，遥听提壶互唤譍①。

（二）

川陆沉沉雾海蒸，云遮峰石失崚嶒。
我来敢作乘风想，欲觅仙槎出浪层。

【注】
① 提壶，鸟名，以啼声得名。

铜源港

在西山西南，传说唐代有铜水溢出。今港侧有乡人用水力作水碓舂粉外销，为作胶木原料。

深峡何时未泻铜，空余白瀑吼奔龙。
龙穿乱石鳞身碎，犹击轮移转碓舂。

送父母归星子故里

匡峰明翠白云屯,双瀑如帘依旧奔。
奉送高堂归故里,浮生愧未避红尘。

1997年9月

过县砂石公司,当年一、二把手死,高楼破落

威权赫赫镇高楼,狐鼠钻营聚一丘。
眼瞥梁倾墙裂处,万重恩怨付江流。

车过县城北二十前年玻璃厂旧址

凄凄厂垮草肥稠,白白青春掷乱流。
而立若非能立志,依然潦倒似拘囚。

乘车往牯岭参加匡庐诗会

快意如乘搏斗鹏,但随公路绕崚嶒。
群峰飘翠森森闪,白雾腾烟缕缕升。
飞阁玲珑傍峻岭,雄关突兀锁高层。
此番欲上汉阳顶,俯瞰蓬瀛力所能。

在小天池遇一女子，疑为失恋者，幽怨非常

何来佳丽上天池，北眺长江蜿曲迷。
蝉翼纱飘轻欲举，娉婷身似柳枝垂。
浓雾弥天咫尺迷，佳人何故步迟迟。
可怜眉蹙千重恨，惜玉莫教珠泪垂。

骆昌兰中医师来访，别后仅数月即逝，用其《古稀述怀》原韵以志哀

仁厚此公亦健夫，相逢倾盖识冰壶。
孰知鸿别霜初降，遽报疴沉喘未苏。
有术活人推妙手，无求于世笑穷途。
惟存一念诗香国，添得幽兰伴玉蕖。

香港百年悲欢吟

鸦片战开伤心史，割让香港贻国耻。
珠江口外占地利，居然渔村成闹市。
日寇鼓吹共荣圈，屠刀霍霍竟染指。
二战烽烟幸喜销，英军橐橐又驻此。
深圳河岸草萋迷，故国咫尺梦依稀。
外人夸诞冠珠日，同胞苦心创业时。
五洲轮舶纷进出，万幢楼厦耸参差。
八面来风经济活，伫看小龙腾云飞。

邓公掌舵富前瞻，一国两制迎尧天。
从容舌战英首相，折冲樽俎原则坚。
笑谈四海风浪静，滟潋春江映月妍。
合浦珠还连禹甸，年年苦盼终团圆。
五星旗过沙头角，太平山上米旗落。
黄金台招人才归，京九线通大脉络。
众鸟嘤鸣欣有托，投资兴港趋活跃。
齐奔双轨坦途开，莫忘屈辱南京约。

1997年9月

京九通车行

京九铁路通车，是中国交通史辉煌一页，为江西经济腾飞之瑞兆，予闻讯而歌之。

列车自京隆隆来，飚轮掣电挟奔雷。
直过江西向港九，穿山越陇坦途开。
人群熙熙腾笑语，明灯熠熠悬站台。
老表翘首望穿眼，老翁噙泪喜衔杯。
往者赣境运输苦，四围莽莽群山阻。
开放呼唤投资来，裹足不前愁迂路。
呜呼经济焉得不落后，一时人材纷出走。
纵有资源守清贫，坐看山野珍物朽。
君不见中枢颁令化春风，筑路十万兵马雄。
朝浴霞光风雷动，夜战难关协力攻。
凿穿岩腹通隧道，矗起桥柱擎长虹。

铲平坡陀射箭直，铺接铁轨飘旗红。
又不见从今南北动脉舒，沿线工业串明珠。
匡庐井冈献新翠，九江赣州成通衢。
峡江城渐迁水口，大庾岭已诛榛芜。
我欲凌空瞰千里，长龙出世奋腾如。

奉陪胡恺丈夜访华林书院遗址[①]，冰云等七人同行

郁郁华林暝欲睡，喧喧笑语远攀寻。
月光来照竹摇影，泉韵犹萦弦诵音。
遥想杏坛花气暖，可怜文物绿苔侵。
开襟凭此清虚境，聊慰多年眷眷心。

1997年10月

【注】
① 华林山在奉新与高安交界地，宋代胡仲尧在此创建华林书院。

青柯亭吊赵知府为刻《聊斋志异》

青灯一盏豆荧荧，潦倒终生笔未停。
因怜作者贫遗稿，珍挈宦途视若经。
刻此奇书传广宇，至今邺架散微馨。
寒侵柯翠凄凄雨，更有何人护锦亭。

观邓云珊滕王阁竹刻书法楹联作品展

章江波映碧楼台,满室琅玕待客开。
六载银刀飞玉屑,八方绿海选良材。
长留螭凤蟠龙斗,远揽奇思壮采来。
高节自能轻富贵,清风从此拂尘埃。

新钢诗社成立十周年致贺

矗矗钢铁城,高炉映天赪。
紫烟凝渝渚,钢花灿灿明。
诗运昌在此,大雅振嘤鸣。
写我身边事,抒我激荡情。
文交素心友,谊结四海盟。
五集《太阳神》,心血有结晶。
回首过来径,十载越峥嵘。
振翼青云上,万里奋霄征。

1997年11月

南昌竹枝词六首

(一)

国营改制有高招,股份筹资兼并潮。
困境多年无铁碗,纷纷下岗亦时髦。

(二)

沿街摊点密如毛,小品琳琅质不高。
镇日难谋蜗角利,只愁买者渐寥寥。

(三)

商场林立未称豪,折价跳楼竞促销。
营业员多来客少,可怜老板也心焦。

(四)

佩红飘翠竞招邀,满面春风窈窕娇。
已改当年翻白眼,殷勤劝客解钱包。

（五）

霓虹灯炫小车嘈，春色满楼价自高。
一掷千金何足惜，原来泡脚屋藏娇。

（六）

印刷装帧档次高，年年书价上扶摇。
伶俜我亦来光顾，羞涩囊中不足掏。

1997年12月

修人师九十大寿赋此志感

先生八十初晋九，犹自笔耕不停手。
诗踪韩黄力雄厚，性近陶白爱五柳。
拜山楼前灯不灭，众星煌煌倚南斗。
是处龙吟气如虹，万里江天风云走。
一自弟子四散开，闯荡多成栋梁材。
为祝期颐追彭祖，各携琪果八方来。
先生巍巍再登台，坐定端祥青眼揩。
声如洪钟颜如鹤，乐天知命复何哀。

1997年12月

余干瑞洪中学校庆赋此致贺

洙泗春风拂瑞洪，校园李白间桃红。
兴邦多士堪相慰，更造英材崭崭雄。

咏八大山人

白眼看鸥鹈，黄冠梦首丘。
醉醒浑不辨，哭笑岂无由。
有泪临风洒，披襟倚竹讴。
补天惭力薄，一啸傲王侯。

奉新百丈酒咏赞

百丈峰高瀑吼雷，一泓泉碧净无埃。
望穿酒市千家眼，酿得宜城九酝来。
醅面沫疑浮绿蚁，杯中香似有寒梅。
披襟更逐心兵去，琼液何妨醉几回。

1998年2月

下午乘车前往修水县参加谷雨诗会，晚九时至

过了一山又一山，千山都矗碧云间。
修江明灭如飘带，牵出潘江陆海澜。
奔车穿峡到丘陵，暮夜昏昏近义宁。
过尽千灯皆不是，长天如墨树狰狞。
万家灯火缀修江，想见诗香溢满堂。
一夜春雷催谷雨，明朝多士切磋忙。

1998年4月20日

游千佛山

千佛山在齐州东，我来攀跻登巅峰。
九点烟痕隐天际，大明湖珠耀城中。
俯瞰峻厦比肩立，坐抚流翠漾轻风。
历历山川与城市，渐随云雨入溟蒙。
恻然南望家何在，欲将心事托冥鸿。
人生失意休垂泪，一方坐据能自雄。

1998年5月

谒齐鲁书社鲍思陶兄，相聚酒楼，大慰平生仰望之渴

早从翰藻想风神，难得盖倾半日亲。
原是江南餐菊士，远移汶上散花春。
百家词阐精华出①，万卷书编提要新。
楼外红尘供一笑，扁舟为我渡迷津。

【注】
① 兄曾组编《全宋词释注释》，近编印《续四库提要》，竣工。

台北陈庆煌教授赐寄《五十初度》诗并嘱奉和

达士观鱼笑壑舟，已知天命遣春愁。
高冠佩玉踪追屈，大雅扶轮夜梦周。
积健为雄来紫气，传灯航苇到琉球。
暮云春树长相望，携手河梁思不休。

景德镇吟草

庆新兄邀予来登大游山,驱车百里至南麓

褦襶访山鼓勇登①,帽衫脱尽火云蒸。
巅平四面无凉意,庵小一椽少寺僧。
林莽鸣蝉雷阵吼,芭茅封径剑刀棱。
最怜冰玉婷婷女②,穿棘攀藤力亦能。

1998年7月

【注】
① 褦襶:暑日谒人之装束,喻不晓事,此喻登山非其时也。
② 冰玉:庆新之女,年十岁,与我辈偕行,而不叫苦。

大游山遇险行

吾辈一行自大游山巅之北下至山麓,忽有坝蓄库水,拦断去路,沿崖壁始得出山,憩坞山寺,食毕,经水库旁,洗浴于渠中,快哉无过于此。赋此长歌,以纪当日之困,并赠庆新,聊发一笑。

为有烟霞癖,哪顾日炎赫。
半晌不逢人,幽寂此山僻。
披榛穿微径,径断一湖隔。
左右丛莽封,退路唯巉壁。
跣足下汲水,解渴如琼液。

咕碌贪一饱，水质混不择。
无奈心茫然，恨无双翼翩。
力倦兼肠饥，突围此情迫。
攀藤履烂柯，仄足绕岩脊。
愁眼为之青，山湾藏寺宅。
炊烟伴香火，茅亭围柴栅。
菜圃三二畦，生机赖川泽。
菩萨四五尊，佑我惊慌魄。
碗茶相对饮，斋饭供作客。
快意大道旁，赤身卧渠石。
终能脱险归，清风生两腋。
大笑登车去，驰飞稻田陌。
回眸所来径，峰高白云积。

谒吴健民兄，大慰平生，谊溯三代，臂把一朝，遵嘱再题《珠山吟友》第三辑

蓬莱水浅又何妨，倾盖相交世谊长。
历劫犹能神朗朗，折肱不改气堂堂。
鹿鸣频约珠山友，岁晚新编河岳章。
坐看浮云曾蔽日，拈花一笑有诗香。

拜谒戴荣华先生，蒙赠牡丹图有感

海岳填胸真兀傲，凌云健笔任纵横。
曹衣吴带飘飘动，蜂蝶绕枝栩栩生。

上海社科院四十周年华诞，陪尹世洪院长往景德镇订庆贺瓷盘，题诗其上

升堂入室岁峥嵘，如琢如磨玉器成。
更为申江振兴业，苦研良策贡丹诚。
学术殿堂琢玉精，更从江海掣长鲸。
兰花香溢春申岸，欲献杜鹃一样情。

1998年8月

游庐山锦绣谷

撑地倚天峭壁雄，凿岩一径下临空。
振衣千仞西风爽，结伴来观郁郁松。

1998年8月

含鄱口乘缆车有感

悠悠百世换新天，电缆悬车跨壑渊。
我作腾空萧史想，俯怜烟雨润桑田。

观九江长江大堤决口处

四、五号闸口堵口处，其地垒袋如山，俨成防洪重镇。夜八时，张学苏与我等一行来观官兵列阵宣誓护堤。

水决江堤急涌涛，沉船卷走等如毛。
运来巨舶拦高浪，紧架钢笼镇怒鳌。
溃口惊魂兵众奋，移山堵缺战旗飘。
我闻宣誓声声激，夜色苍茫气自豪。

邓志瑗先生嘱题《梦樵诗文集》，用其韵以志感

缥缃勤掸净无尘，翰苑优游不老身。
马郑传薪疏证乐，鸿光举案性情真。
狂风骤折连枝树，独鸟惊怜失伴人。
开眼灯前萦梦影，敲诗写恨泪沾巾。

题胡亚贤老《心潮余韵》

司农司法布规箴，赢得西江众口钦。
力上吟坛擎铁柱，晚来豪气激潮音。

游宜丰洞山普利寺，过逢渠桥、夜合门，瞻罗汉松，流连寺殿而返

古木苍藤閟洞天，跻攀到此释茫然。
山门夜合金轮转，岚雾晨开佛日妍。
松骨铸铜撑屈曲，溪流穿石激潺湲。
我来睹影难参悟，只为人间未了缘。

1998年11月

周禹嘱题《临川晦人诗词钞》

韬晦岂遮紫电光，十年磨剑不寻常。
难忘霜肃真情在，最厌趾高盛气昂。
一卷蕴珠承润泽，三余学句足成章。
临川彩笔飞珠阁，夕照吟声入混茫。

参加迁谪文学研讨会期间，过王昌龄芙蓉楼

梦入中原在八荒，芙蓉楼迥思苍凉。
而今远别何须怨，一夜飚轮便过湘。

1998年11月

参观芷江机场，当年盟军飞机在此起飞与日军搏击

冈峦四面青，坦荡一畴平。
曾驾战鹰健，猛轰日寇惊。
英雄归国杳，偏见煽仇生。
翻覆卅年事，功勋得定评。

湖口刘文政先生诗文集将出版，恭用其六十初度原韵奉和

治史攻诗并有成，兰馨九畹在勤耕。
斯人高咏双钟响，老马驰奔兼夜程。
不必乘桴浮东海，从容揽翠拥书城。
青春无悔堂堂立，翻笑稼轩白发生。

咏电脑写作

不习法轮不问禅，一开电脑便超然。
调兵百万凭敲键，大块文章笔赋闲。

花事杂咏

牵牛花

牵牛日日待花开，摇曳墙头紫玉胎。
拂晓风翻明翠叶，翩翩中有美人来。

四季桂

姗姗瘦骨院前栽，雨露滋肥渐有材。
得意四时星点缀，岂惟八月满枝开。

万年青

一朝分蘖便生怜，自占光风得露泫。
瘦骨伶仃摇净绿，青春欲待养花天。

五星花藤（即茑萝）

每怜弱蔓力牵攀，忽似麟纹满架蟠。
更喜秋来花事盛，五星丹漫绿云鬓。

题自画莲梅

清凉水面小蓬莱，荷叶如裳任我裁。
纵在泥中犹挺拔，红莲渐绽露幽怀。
梅骨屈蟠待日华，新枝茁健密槎牙。
雪滋冰润寒风里，犹有群红灿似霞。

瑞洪镇成立诗书画协会，尔来一年大有成矣

信江终到海，洪渚起龙吟。
异域多知己，同心可断金。
文澜波滟滟，花树翠森森。
还待东篱畔，倾樽听鹿鸣。

梦游巍宝山观茶花

地远天高莫弋鸿，诏王曾在此耕躬。
早鸣鼓磬浮云外，不尽山河宝镜中。
松老撑持倾盖绿，茶生茂盛绽花红。
逝川难改登临兴，一笑烟开万虑空。

翠岩寺明空法师招集赣江宾馆清韵轩茶道

文士高僧集茗堂,佳人提檑坐中央。
纤柔指拨翠丝滚,明洁壶倾玉液香。
倒转乾坤呈妙技[①],分承杯盏品馨汤。
从今齿颊供回味,何处高山流水长?

【注】
① 倒转乾坤,表演者将杯盏倒扣斟茶,技法精湛。

临川金溪召开陆九渊学术研讨会,前往感赋两绝

千年遗躅倘容寻,来拜象山仰止钦。
正是水流花放日,翠林深处听传音。
远瞩连山可作琴,力将万象摄于心。
应知道接孟轲后,伏虎降龙直到今。

1999年4月

国凡先生与予曾在星子中学执教，谊交多年，今其诗集编毕，赋诗藉表微衷

教学相交十八年，不拘形迹爱天然。
谐谈剪烛闲斋内，高咏曳云星渚边。
岳麓收来苍莽气，龙潭酌得碧清泉。
我凭遥寄锦囊玉，魂梦飞回五柳前。

西山翠岩寺住持既修梵刹毕，又发大愿力创办《禅悦》杂志以弘法

觉悟三千劫，风轮五百年。
祇园开翠壁，梵呗动诸天。
法雨西山播，慧灯大士传。
莲花依净域，欣悦自逃禅。

扬州行吟草

省社科院派予赴扬州大学中国文化研究所，访博导王小盾教授有感

冥搜上下五千年，万卷书开自有天。
莫道安居无丽宅，精深学术此中研。

王小盾教授自扬州书店购《四部丛刊》

线装高叠数堆齐，四部丛刊价压低。
请得诸生齐装运，骑车笑向半塘西①。
瘦西湖畔度春宵，芍药园中鸟舌娇。
四壁缥缃供讽诵，不教魂断玉人箫。
如雷鼾响撼邻床，破我黄粱梦返乡。
林鸟侵晨鸣婉转，催人早起拾残芳。

1999年6月

【注】
① 半塘在扬州师院邻桥处，任中敏先生即以此为号。

瘦西湖

湖如玉带柳如丝，廿四桥边欲醉痴。
纵有佳人音讯在，寻芳不敢寄幽思。

虹 桥

西湖窈曲柳阴浓，柳絮濛濛舞趁风。
更上桥头观不尽，珠灯簇簇映波红。

梧桐花

梧桐花盛带河滨①，雪晕胭脂绛点唇。
摇曳半空高树满，丰神袅娜为留春。

【注】
① 带河，玉带河，在市中心偏西。

琼 花

一夜花开天下闻，瓣如琼玉叶如裙。
纷纷花盏护珠蕊，仿佛森严娘子军。

【注】
① 琼花中央为米粒状珠蕊，周围八组花，每组五瓣如盏。

梅岭史公祠

四郊多垒鼓笳悲，海沸山崩力不支。
玉碎成仁梅骨在，岂无天运转回时。

镇江金山寺，古代山峙江中，今与城连

山寺与城早结邻，千年争战迹已陈。
迷濛烟雨汀洲隐，金碧楼台世纪新。
高岸垂钩徒有意，中流击楫恐无人。
春来聊作江东客，负笈来寻学海津。

扬州大明寺栖灵塔焚毁于晚唐，1991年重建，登塔四顾苍茫，赋柏梁体以记之

敕建高塔于初唐，一时天下名道场。
太白浩然咏佳章，想见咳玉神情昂。
孰料祝融恣猖狂，风播劫灰剩凄凉。
开放春潮富此邦，聚众之力奋龙骧。
筑塔邻近平山堂，雄镇淮南瞰长江。
我来适逢日未央，瞻拜殿座供空王。
灯射玉佛生温光，环壁绘图劝善良。
登梯但觉飕飕凉，巡檐邈思到八荒。
铃铎警世鸣铿锵，下界喧喧入混茫。
前人已去后人忙，惟祈此塔如金刚。

为张志安教授艺术作品展题赠

　　志安教授，赣人也，中年迁江苏，蜚声太湖、钟山间，师法自然，用笔简淡而饶有生趣。予心仪已久，惜未一见，己卯孟夏将于章门东湖之畔举行艺展，相晤有期，赋此纪之。

　　飘然荷杖出江西，衰鬓归来城郭非。
　　却喜压装珍妙笔，此生只为艺痴迷。

1999年6月

为江西老同志大学中文系专修班毕业赋赠一律，余曾任课半载

　　老来同志学，开卷抛烦恼。
　　学业在勤思，童心能永葆。
　　颜衰霞映红，诗有趣方妙。
　　岁月堂堂去，生涯未草草。

题余干康郎山忠臣庙

　　鄱湖兵气凶，一战决雌雄。
　　尸积洲湾满，火烧樯橹红。
　　槐功惭敕误，庙像缅臣忠。
　　倘未轻生死，他年恐折弓。

程君欣荣为圭峰苦吟，频年来奚囊渐饱，付梓在即，遵嘱敬赋一绝

苍秀峰多石骨雄，幽深谷响四声隆。
阴晴妙处君能觅，奇趣都收此卷中。

随禅宗祖庭考察团至百丈山寺，寺倚大雄山

瀑若游龙下激湍，车穿涧壁上巑岏。
豁开陇野光明地，点缀僧房竹海山。
谁订清规辉史册，欲寻片石记农禅。
忽来云锁莲花髻，想见高人不肯闲。

1999年7月14日

夜食芒果，忆当年毛泽东以非洲一国总统所赠转送工宣队

当年主席赠何人，连日狂欢四海滨。
此物供为天上品，而今我啖已非珍。

西南行吟草

八月十四日往湖南郴州永兴县参加全国第三届中青年诗词研讨会，继又赴云南玉溪参加中华诗词研讨会，兼旬行程万余里，所过多佳山秀水。

南岳登高歌

南岳蟠结势自雄，一年二百天云封。
我来峰顶窥南斗，风不为我扫暝濛。
一殿磐踞最高峰，众人跪拜心虔忠。
侧耸一石雷电击，有如利剑劈当中。
攀岩驻足南天门，默祷半晌方定神。
翩翩云霓渐飘荡，隐隐山脊如腾翻。
黯云浓雾忽然开，凝神下窥磨镜台。
万壑郁青层楼缀，钟声荡过竹林来。
回身我再上祝融，蹴云轩举凌仙风。
层峦绵延连八极，坐看虎豹皆潜踪。

1999年8月

注永兴县江飘流，初乘皮筏，后改乘游艇

  皮艇浪中旋，飘流犹力战。
  林樾蔓苍藤，草屋不时现。
  岩露瘦骨棱，急濑屈曲转。
  盘涡有龙吟，声振风云卷。
  凉飔开素襟，烦虑尽散遣。
  出得丹崖屏，湍流至此衍。
  当时如甲兵，夺路不稍停。
  此刻如处子，秋波闪荧荧。
  扬舲下中流，白鹤掠兰汀。
  竹林猗猗暗，山色淡淡青。
  此水终北注，悠悠汇洞庭。
  洞庭白波起，何处礼湘灵？
  草鞋沟，登眺注江

  皮筏泊水湾，攀岸穿曲梗。
  岩罅素练飞，清音敲闃静。
  小憩琅玕丛，快意跻峻岭。
  俯临怒湍奔，一江百转永。
  水云共氤氲，浪摇丹霞影。
  夹岸屏嶂连，仿佛阳朔境。
  草鞋名不嘉，似负佳丽景。
  好名者弃实，岂非大不幸。
  真赏在林壑，憬然若有省。
  兴逐云霓开，波漾光耿耿。

观音岩前临郴江，江中有石如狮

岩岬参差插碧波，洞堆乱铁石嵯峨。
观音指点狮低首，匍匐江心镇恶魔。

过贵阳城郊黔灵公园，中有麒麟洞

黔灵无地非灵峰，峰峰攒立争摩空。
白云飘来作絮帽，清泉汇涧流淙淙。
林深鸟鸣山谷应，太古到今气冲融。
山坡岩脚开两洞，婉曲回转相沟通。
灼灼阳光射不到，养得麒麟态雍容。
传闻少帅羁此中，我疑避寇投弹凶。
潮湿暝晦岂能住，谁修别墅构玲珑。
独山一战大撤退，贵阳城里光熊熊。
转移又向何方去，身囚国破悲英雄。
而今一方成乐土，游人纷纷踵相从。
我趁候车有半日，流连嘘吸黔光风。

玉溪与会期间,结识赣籍王秀成老人,聆其吐露身世,感慨系之

遂川颖秀士,进学到钟山。
红旗在召唤,哪顾道路艰。
剿匪征粮勇,百人为匪戕。
出掌税务局,日夜巡察忙。
工作好身手,专业不对口。
鸣放畅其言,竟以此蒙垢。
妻女惨将别,镜破难再圆。
未料大地震,嫁女丧黄泉。
戴帽流离人,僻地黯然春。
生计难自活,饥来萎精神。
昭雪鬓已雪,独对异乡月。
有母难归省,念之肝肠裂。
幸好有诗癖,矍铄著述勤。
我来谒长者,欲笑已泪纷。

过大理,徘徊苍山洱海观白族风情①

我爱青山如好色,今有缘来大理国。
山蒙云纱宛含羞,流云倏而变莫测。
洱海横陈睡美人,波明如镜照山春。
三塔寺前雨零落,蝴蝶泉畔花缤纷。
横断山脉倚其旁,山高地僻云茫茫。
自恃玉斧划不到,豪杰割据争称王。

可怜革囊金沙渡,从此一统儒化邦。
我逢四海为家日,领略风情走八荒。

【注】

① 大理国古称南诏国,元军以革囊裹身渡金沙江,灭南诏,直辖中央政府。

丽江万古楼

我登狮峰万古楼,一抛人世千重愁。
远眺苍苍山川壮,下瞰沉沉古城幽。
西北屏障玉龙山,时常云雾缭其端。
偶然峥嵘露面目,剑耸灿灿银光寒。
安得镇邪到人世,斩尽大小贪婪官。
此地终古少烽烟,纳西族众高枕眠。
犹幸仙境未污染,游人纷来净土天。
李杜生平不到处,岂独霞客长占先。
我来参悟欣遇合,莫非与峰有夙缘。
朗风浩浩来峡门,澡雪精神梳心魂。
明日欲登雪峰顶,一探江汉之发源。

云杉坪

索道上高坪，穿林栈道行。
杉木直百丈，枝干苍鳞生。
中有小盆地，队队舞轻盈。
鲜丽纳西女，踏歌伴古笙。
传闻有恋人，缱绻誓不分。
惨遭族长禁，来此双殉情。
林满雪岭麓，黝蓝列峥嵘。
络络白石流，壑谷参错横。
云怒如莲绽，或凝如墨晶。
雪巅虽难至，光映神气清。
徜徉闲半日，已无俗念萦。
返道聆瀑韵，洗梦掬碧泓。

虎跳峡在玉龙、哈巴两峰间，险绝异常

玉龙峰雪冻，哈巴峰拱控。
巉削并两崖，恍如门豁缝。
铁石渗赭黄，鸟无栖息方。
黯云塞满峡，阴惨鬼嚎狼。
虎寻峡石歇，居然越天堑。
苦无觅食处，生物皆逃潜。
两峰相与谋，欲束急湍流。
金沙江狠猛，直铲峰脚沟。
掀天揭地穴，怒奔撼山裂。

更增雪峰水，源源不枯竭。
我辈壁上观，撕杀不可当。
浪涌忽十丈，水雾弥茫茫。
驰车登高去，魂定腿犹颤。
高峰插云天，江成蜿曲线。

丽江小旅店夜思

远别章江往丽江，玉龙峰雪烛昏黄。
潺湲独听寒溪水，恨不流愁到故乡。

昆明世博园登楼凭眺

东北山峦绣锦图，参差楼馆奥雄殊。
天人生态能和谐，红艳绿肥雨露濡。

憩粤晖园[①]

三江儿女浴清流，飘裊琴声曳气球。
借问铿然谁妙手，梅仙恐是住罗浮。

【注】
① 粤晖园中有三座女子塑像，崖畔有两女弹琴。

路南石林

演化乾坤四亿年，海枯石裂耸荒原。
何人抉秘开奇境，邀众搜幽博笑颜。
猿鹤相呼猫鼠斗，媪翁对语妇儿牵。
我来高处振衣看，万象森然栩栩妍。

建国五十周年志庆怀邓小平

恰知天命展辉煌，敢向环球夸国强。
却话当年艰创业，澜安此日太平洋。
百业都承邓论霑，堂堂方阵见威严。
天安门下花如海，国运民心在此觇。
满城灯映夜空青，焰火飞腾散瀑星。
疑是天花飘坠近，更如珠海闪荧荧。

江西金圣杯书法展观后志感

醉观四壁舞龙蛇，笔怒通神恣侧斜。
禹甸称雄终有日，清真健劲各成家。

1999年10月

石朗先生擅画山水，气格高古，年过八旬，犹不废丹青

五岳归来力未殚，神游仍在万重山。
雪笺皴染庐峰月，健笔激扬巫峡湍。
涵吐瀹濛云欲雨，揽收苍莽气犹寒。
最怜四壁缥青涌，笑指沧江耸碧峦。

傅周海大师病逝于渭南，其妻哀泣数月，诗以慰之

天夺汝夫太不公，灿星惋惜殒于秦。
泪垂恸绝连三月，骨立形销变一人。
书界喧传惊失色，画坛柱折黯无春。
湖波曾照双双影，莫照孤鸾劝自珍。

1999年10月

应邀前往祝贺九江师专诗词学会成立

江分九派峙匡庐，闻道鹤鸣白水湖。
双井赠茶知冷暖，东篱采菊阅荣枯。
诗关国运传千古，笔绕风雷雄万夫。
梦后逢春来故地，好寻师友共冰壶。

1999年11月

德虞部长任星子县长多年，予在麾下睹其风仪，今其诗集将刊赋赠

匡庐苍秀蠡湖深，此地曾经贤宰临。
尽掬精诚筹大计，每聆飞瀑助高吟。
萧萧风雨忧黔首，莽莽山川壮素襟。
难得雪泥鸿爪在，长留诗卷列琪琳。

张炜《梅园吟唱》刊行在即，赋此志庆

胸中海岳笔中情，字字轩昂哭笑声。
驰骋东南留履迹，行吟潭畔听莺鸣。
筑坛垒圃种珠玉，酬唱推敲慰后生①。
已有天机裁锦句，更凭灵诀气峥嵘。

【注】
① 第三联集其句，适明其志。

桂林唐甲元吟长诗集即将刊行，敬赋一绝用其原玉

风神落落似秋山，磨难曾留几处斑。
觅得骚魂人不老，旷怀高咏每开颜。

霍松林教授从教六十年暨八十大寿征诗感赋

翩然一鹤陇东来,驻足钟山风雨哀。
妙笔当年惊国老,高门此日尽樟材。
沉雄歌啸吟坛振,辛苦扶持丽葩开。
我亦逢缘受沾溉,侧身西望复徘徊。

世界语学会秘书长张学苏招邀笔会,多艺坛高手,时在柴门霍夫诞辰

柴门兼有法门开,九鹤翩翩齐集来。
笔舞寥寥神采出,刀挥哧哧篆虫回。
游心于艺开青眼,脱颖从今展茂才。
知汝豪情兼重义,切磋还共海襟怀。

电视台主持人邹卫工造像,有类吴道子,今与章洁缔百年之好,赋此以贺

邹子佚丽五尺长,妙笔点染神婉扬。
荧屏声开大视野,更牵吴带到豫章。
翩翩惊鸿性高洁,君子好逑两相悦。
前身恐是卫硕人,来与大鹏共颉颃。

新世纪初,院、会联欢晚会有感而作

曙色徐开世纪初,梦残往事影模糊。
荧屏已见神舟运,宝岛终归一统图。
食有鱼兮出有车,新楼耸峙待安居。
请看竹翠花明处,砥励人材为国储。

2000年1月

番禺何永沂先生著有《点灯集》,惠诗两绝,奉赠一律

归粤近如何,鲤书寄已多。
点灯重把卷,愤世看挥戈。
惭我无佳句,羡君似铁柯。
贪官在朝野,不唱太平歌。

台北陈庆煌教授惠诗多首,敬用其宝峰寺韵奉和

耕耘九畹绿成阴,汲古斟今养道心。
灿灿文明能继续,堂堂国运岂销沉。
已升星转供通讯,待看龙腾降沛霖。
拥鼻高吟千禧颂,凭栏翘望海云深。

纪念汤显祖诞辰七百五十周年

小试牛刀到遂昌,清风难扫浊官场。
何如抛却乌纱帽,杰构重开玉茗堂。
才卓空怀济世心,謇连犹抱紫箫吟。
情多更为还魂苦,一梦南柯寄慨深。

2000年4月

余老、姚公,学界哲人,赣学干城,忽闻同一夜仙逝,赋此悼之

乍闻余老瞑慈目①,又报姚公著羽衣。
弟子三千齐痛哭,干城百仞两倾欹。
说文谨守章黄法,论史严持班马规。
立雪程门恍如梦,振衰继绝更从谁?

2000年5月

【注】
① 余心乐教授为黄侃弟子,曾诲我说应守师法。

梦游宁夏沙湖吟得七律两首

(一)

擘开荒漠造蓬瀛,万顷琉璃混太清。
终古蜿蜒腾翠嶂,于今泱滪有流莺。
光分晓日虹霓幻,斗挹平湖星汉横[①]。
却喜春风来塞外,洗尘到此掬澄泓。

(二)

风轻舟艇送行迟,心旷莫惊白鹤栖。
沙固栽培春树净,湖清滋养苇丛迷。
混茫群涌蓬莱岛,澄碧低围菡萏池。
放眼烽烟散无迹,贺兰山雪映涟漪。

【注】
① 斗谓北斗七星。

余福智师从匡庐下，相晤江西饭店，与谈《周易》精蕴，归佛山后惠诗，用其真韵赋答

南斗旁游自在身，飘然揖别石门春。
芦林绿染繁霜鬓，滕阁光温绛帐亲。
抵掌高谈秦帝梦，骑鲸远酌《易经》醇。
我嗟魂绕佛山远，片楮当如拱璧珍。

2000年6月

江西美术出版社编辑出版《八大山人全集》，予参预其事感赋

明季蜩螗喧，传綮逃于禅。
参师终拔萃，返乡佯狂癫。
涉事笔奇恣，卖画价低廉。
贵嘲孔雀尾，贫卧黄竹园。
花鸟夺徐渭，山水凌董源。
莲叶栩栩动，峰峦淡淡烟。
行草书圆健，鹤舞鹰盘旋。
佛典寓诗语，幽涩过庭坚。
高妙参造化，气象转坤乾。
天下声名满，海外珍流传。
江西美术社，立志彰先贤。
擘划操胜算，协力而精研。
纵横八万里，逸品争求全。

编年诗书画，况附宏论篇。
我亦躬盛役，竭虑惮误衍。
由来有半载，五卷焕鲜妍。
恍入大千界，神畅如高鹜。
磅礴庐岳嶂，浩瀚鄱湖天。
心胸拓万古，仰止意拳拳。
功成不朽业，名待金石镌。

2000年7月

游深圳世界之窗，登埃菲尔铁塔

我无公款出国门，聊来海角骋旅魂。
半日如行八万里，顿悟地球人称村。
一塔峨峨耸峻雄，登高股颤陷涛风。
凭栏笑傲天地小，俯临皑皑双雪峰①。
丽宫邃殿依坡谷，艳舞蛮歌撼茅屋。
徐转荷兰大风车，轰鸣尼亚加拉瀑。
吴哥窟隐椰林中，郁金香开田园绿。
五洲奇珍一揽收，长房缩地真有术。
仰望塔尖逼云霄，香江咫尺如可招。
恨不腾空添双翼，太平山上盘逍遥②。

2000年8月

【注】
① 其塔东有富士山，西有阿尔卑斯山。
② 太平山在香港。

赴南京中国第二历史档案馆查阅资料，居蒙古王饭店

（一）

居邻史馆边，遥瞩蒋山巅。
浓荫密遮市，高楼近插天。
晨扪故宫础，暮觅半山园。
兴废徜徉处，高翔看纸鸢。

（二）

深院隔尘喧，木犀缀玉妍。
觚棱犹古制，馆库积陈编。
阅卷哀丹印，倚栏梦逝川。
龙蛇争战恨，都付字行间。

游鸡鸣寺，寻胭脂井，即陈后主与张丽华坠避隋军处

寺塔耸湖边，鸡鸣待曙天。
城垣环此角，兴废阅何年。
难恃江横堑，却悲虎踞巅。
胭脂井干涸，话柄失流传。

登南通狼山

　　白狼五山扼长江入海口，北麓有醒石，忆去年游长江源头金沙江，今至长江之尾。

　　　　曾穿虎跳峡，今上白狼巅。
　　　　波漾苍茫界，绿铺绮绣原。
　　　　山蹲如守望，眼醒看桑田。
　　　　坐觉潮音隐，伶仃避世喧。

访幽兰

　　　　相见胜千言，秋波顾盼怜。
　　　　举杯旋笑靥，联座暖心田。
　　　　诗蕴文君恨，梦驰伊甸园。
　　　　凄然挥手别，魂断驿桥边。

登丰城玉华山

龙泉诗社重阳诗会，雨后新霁，山路泥滑，众青年诗人步行登山，我辈乘轿车而上，观虾蟆石嘴泉，会师官印石。石在陡峭山腰，以形得名。

云密初抛登览念，天开偶落雨丝斜。
有谁鼓勇邀英彦，怜我无能坐轿车。
汩汩一泉潜石嘴，娟娟万竹满山洼。
却寻官印供谈笑，权柄倾颓不可夸。

2000年10月

敬贺朱子学与廿一世纪国际学术研讨会召开

学者四百余人汇集武夷山国际酒店，山光溪色，每日可揽；高谈阔论，随时可闻。

飞青萦白峭峰濡，络绎轮奔四海途。
猎猎彩旗迎俊彦，翩翩高士贡群书。
熹光布野八方焕，爽气盈襟万象苏。
道学无涯生有限，总将心血报宏谟。

2000年10月

赣南诗词学会成立喜赋用李太白《古风》韵

大雅重振作，来日功可陈。
章贡合流处，奋力披荆棘。
吟啸郁孤阁，睥睨笑强秦。
淫哇应涤扫，堂堂岂无人。
幸赖疏浚手，开流浩无垠。
回首六十载，诗脉哀沉沦。
一自开放后，黄钟重获珍。
惜乎淆珠砾，贵在鉴伪真。
诸君争掣鲸，高浪跃银鳞。
学会于今诞，健鹘翔秋旻。
迈入新世纪，载培九畹春。
请看庾岭下，鹿鸣招嘉麟。

2000年11月

题封缸酒

贡品封缸酒，又迎岁月新。
倾杯酬壮志，待客以真淳。
琼液千家喜，桂香八域珍。
莫辞十巡醉，一醉更精神。

与《国民党江西省组织志》编写组同人往游梅陂

一陂潋滟碧波寒，岩骨凿穿水泻欢。
犹忆当年梅小姐①，为忧千亩稻田干。

2000年12月

【注】
① 据介绍，当年江西省长熊式辉二姨夫人，人称梅小姐，在泰和见此地为旱所苦，请熊式辉调一工兵团筑坝凿山开渠，灌溉三乡水田，至今人犹怀之。

悼北大陈贻焮教授，忆1993年龙虎山诗会同泛仙水岩

（一）

仙岩耸卫水边村，高躅曾经到石门。
龙虎山犹萦朗咏，斯人去伴少陵魂。

（二）

一代宗师自凿源，生公说法有灯传。
我于门外徘徊久，仰止春风幸有缘。

题江南雅居南昌万福园

仙家居贮四时春，福地重开避俗尘。
吟赏烟霞宜养气，流连梅竹足怡神。
赣江泱滁远相望，滕阁巍峨近与邻。
最羡登高风送爽，楼头鸟鹊也来亲。

题哈尔滨张琢女士《锦云集》

北国有知音，天风拂旷襟。
沧桑留片玉，云锦灿层林。
丛稿当窗集，雪鸿趁夜寻。
何时能把晤，开卷听高吟。

旅皖吟草

车过庐山西麓，其东乃予之故乡星子县

碧嶂青岚入眼帘，隔山便是旧家园。
飚轮更向江淮去，为结诗乡一段缘。

2001年5月

参观安徽名人纪念馆，以蜡像为主

仪容奕奕塑英才，历史长廊共缅怀。
始信锺灵多毓秀，文林武库在江淮。

逍遥津怀张辽

独守逍遥炽焰休，忠心不让主公忧。
只嗟智勇几人敌，名在曹营第二流。

谒包公祠

包公名望到今传，料是官场少睿贤。
太息层层垂黑幕，巡查平得几多冤。

无题三首

（一）

梅子青青止渴难，波光黯黯水流弯。
惟求云载梦飘去，稍慰孤单月照寒。

(二)

赤栏桥畔柳低垂，仿佛江东月夜时。
梦里佳人芳鬓乱，犹持彤管写相思。

(三)

云天漠漠柳依依，攀折柳丝想柳眉。
字字低吟相思苦，却愁重暗鬓毛稀。

赣文化与新世纪论坛召开有感用龚自珍韵

龙光有日奋风雷，落后一时莫自哀。
力在维新争献策，生机郁勃仗群材。

2001年6月

参观南昌东郊青山湖畔高新科技开发区

鹤来凤矗竞安家，峻洁楼群静不哗。
更看东皇温淑气，一湖净绿蘸明霞。

过古渡口南浦，今已楼厦林立，西南古有白社即徐孺子墓

南浦云飞与厦齐，澄江一曲滞无漪。
而今悬榻人难得，白社孤魂渺未归。

题新建诗社社长张翔云《秋葭集》两绝

（一）

秋来爽气满西山，山畔兼葭水一湾。
一鹤回翔声振远，江天明净白云闲。

（二）

耽吟为贡寸心丹，擅画未容片刻闲。
九畹耕耘香溢远，几人识得此中艰。

迁居江西社会科学院高知楼有感

迁来大院最西头,姑且名为望翠楼。
放眼欣无高厦障,怡情何必异方求。
光风霁月寻常有,绿树青岚隐约浮。
半载辛劳千金掷,从今一洗陋居愁。

2001年7月

题程欣荣《龟峰联语》

奇峰怪石笔生花,摄景融情入翠霞。
山得知音有丰采,琳琅一卷自成家。

黄梅吟草

参加四祖寺禅学夏令营期间登破额山

破额山头峙石门,攀高履险始安魂。
峰峦苍莽上方净,云海混茫下界昏。
岂以浮华遮望眼,不辞劳苦出笼樊。
诸多开示犹萦耳①,放下方能悟道源。

2001年8月

【注】

① 法师对信众开讲指示谓之开示。

夏令营组织行脚云居山真如寺，访虚云大师遗躅

旗飘车跃赵州关，参访修行不畏难。
明月湖边僧说法，翠林郁郁水潺潺。

听净慧法师叙虚云大师当年在云居山旧事有感

劫难三千陵谷崩，莲城驻锡有高僧[①]。
齐心拓地开堂殿[②]，摩骨撑天续佛灯。
净土鲜妍花果美，雷音震荡海天鹰[③]。
于今山岳法云现，来拜巍然塔七层。

【注】

① 莲花城在云居山最高处，虚云法师于1953年来此修行。

② 当年海内僧人闻虚云驻锡，纷纷前来，达五百人，经劝说部分回去，剩一百余人，在此自耕自养，并自造砖瓦兴复祖庭。

③ 1958年，虚云法师就任中国佛教协会会长。

青蓝嘱题其《风的问候》诗集

秀句锦章照眼明，玉盘珠转滴泉声。
恍然如入剡溪路，读罢清风两腋生。

张宜武嘱题三人合集《清河帆影集》

清辞丽句读来酥,河碧山青淡雅图。
风正扬帆三万里,波流倒影看齐驱。

读邓文珊《七十抒怀》步原玉奉和

大器终成愿未违,襟怀旷必有人知。
琅玕增价楹联妙,文字能交墨宝奇。
名勒匡山磨不灭,澜安东海信能期。
寿康莫羡梁鸿噫,彩笔流传百首诗。

沪浙吟草

辛亥革命与南社学术研讨会在上海金山召开感赋

辛亥风霆撼暴秦,悲歌为作自由人。
天梅拔剑勇无惧,亚子挥毫健有神。
甘掷头颅归正朔,忍携涕泗洒申滨。
于今共把遗篇读,来吊金山墓草新。

2001年10月

桐庐富春江七里泷

峨髻螺峰列两旁,潆洄玉带是春江。
明波骀荡多情态,照出天然淡雅装。

严光钓台在富春江湾,非乘游艇入内则不得观瞻,久俟未开船怅然返

思慕钓台探访来,江湾不为我开怀。
高风谡谡留悬想,只恐遗踪浊垢埋。

游千岛湖登好运岛再泛舟湖上

久羡千岛湖旖旎,偷闲辗转方到此。
巨坝紧挽两山连,蓄得琉璃万顷泚。
渡口有船接我来,凌波欲飞踏岛趾。
孔雀蛇园驯养珍,为增游览价而已。
登舟巡游峰岛间,仙子裙褶舒迤逦。
西界混茫岛迷离,斜日坠时溶金水。
远峰莹蓝近苍翠,水光辉映濡青紫。
岩巅丛林凝墨绿,松骨槎桠挺奇伟。
湖心黝黑石一堆,疑是老蛟掉脊尾。
大鹰回翔俯湖波,鱼不跃兮雉不起。
却忆创业四纪前,填谷筑坝如山峛。
移民纷纷出沟壑,古城黯黯沉湖底。

旧址遗迹赖封存,百千年后供考史。
更为乾坤辟新境,群峰浸为千岛峙。
成毁由人亦在天,得失权柄在循轨。
溉田发电多功能,只嗟游人徒赏美。

重九南昌天香园笔会

世多恐怖无辜死,国泰军强护一方。
行见南州除面垢,蒙邀上界播天香。
竹林贤集莺鸣脆,法眼禅观菊绽黄。
更祈雄师伏枭首,乾坤朗彻沐新阳。

游天香园再赠天香园主

翛然自在身,到此返天真。
石叠嶙峋峻,波涵缥渺青。
香清花引蝶,林密鸟亲人。
列坐多才俊,高吟更有神。

潮州吟草

辛巳重九后二日潮州诗社曾楚楠、赵松元邀余赴汤溪诗会,游览韩山、北阁诸名胜。

松盖亭亭赵,楠枝楚楚曾。
鹿鸣邀我至,茶饮竞相能。
北阁风潮壮,韩山紫气腾。
斯文终不废,传道共担承。

重九后三日上午谒潮州韩祠有感,祠在笔架山中

笔架两山枢,牢愁赖此书。
鳄鱼能叱退,道统赖持扶。
碑镂尊儒史,迹存黜异图。
世风转浮躁,谁更握灵珠?

日暮时分参观淡浮院,为潮籍泰侨归乡所建

山静碍云浮,林青不觉秋。
院新藏墨谷,碑密列名流。
谁作传灯录,人归望海楼。
澄心禅悟处,舍此欲何求?

谒饶宗颐学术馆,在潮州城中

泰斗当无愧,潮州诞此奇。
权威窥藐藐,堂殿耸巍巍。
学究天人际,艺通中外稀。
我来嗟己渺,不敢揖高仪。

潮州三日得识陈惠佳先生,奉读《望海楼集》感赠

陈子好吟诗,情深不自持。
沙场培气爽,故土茁华滋。
旷有江山助,妙因格律痴。
吟坛添此侠,云路任奔驰。

霍松林先生惠寄唐音集五册,用陈后山诗韵赋两律以志向往之情

膴膴秦川美,公寻杜曲居。
赤诚赢我敬,饱学有谁如。
遥想挥毫奋,犹愁见面疏。
高吟沧海事,诗界竞传书。
唐音承嗣处,万卷缥缃居。
藻雪灵思爽,拏云健鹘如。
知公分秒惜,恕我雁鱼疏。
莫道桑榆晚,更编几部书?

轩辕庙遐思

逐鹿中原血泊污，轩辕挺起巨枭诛。
尘埃落定文明始，荒甸均承雨露濡①。
难舍黎民龙驭别，慨留衣物众号呼。
而今共祭黄陵者，翘望终归一统途。

【注】
① 荒甸：《尚书·禹贡》："五百里甸服，五百里荒服。"

江心清老先生嘱题鄱阳县《白石诗词》

鄱湖浪涌连天雪，饶郡诗多感事篇。
岂止清刚宗白石，缘情美刺必流传。

有感美军出兵阿富汗仍未擒拿拉丹事

拉丹大闹地球村，巨厦轰然塌地昏。
挑战居然狂有种，藏身竟致了无痕。
如牛刀宰平群窟，盼恶枭擒入狱门。
师出夷为废墟日，哀哀何以祭亡魂？

2001年12月

山东谷世刚先生创作宏富，敬题《歆雪斋吟稿》

早从翰藻想丰仪，刚健清奇兼有之。
将得联珠供夜话，欣凭结集识鸿泥。
江边浪涌岩千叠，雪里风摇梅数枝。
何日相逢能把臂，春来思似蔓丝丝。

四十九初度用饶宗颐诗韵，蒙惠赠诗文集

早年艰劳作，偷读遣愁日。
半生斫樗材，行年迫五十。
夙癖吟诗苦，鬓发星星出。
俭腹愧才疏，忍看驹过隙。
新迁高知楼，环境迥异昔。
从不惯逢迎，治学惭占席[①]。
未改好奇心，搜书列满壁。

【注】
① 辛巳年九月，省社科院任命我为学术委员会委员。

南昌新竹枝词四首 青山湖治理工程，湖滨建公园

青山湖畔并无山，三二高楼耸巨观。
一自清淤修整后，香樟如盖覆栏干。
积年污水竟澄清，尾闾经营变绿阴。
莺自遐方栖此乐，逗来情侣入林深。

南昌胜利路新修步行街

百年老店换新装，接栋连楼焕彩光。
况有街旁休息椅，不妨老少任徜徉。
修路掘壕车塞途，两旁高树一扫无。
平添电线擎天柱，却信英雄气未输。

女职学校茶艺队表演古代茶艺

唐宫庭茶

峨髻金翘珠络缨，步随宫乐舞轻盈。
忽然覆手为云雨，擎水晶杯漾玉莹。

宋代市井茶

茶店悬灯响素筝,茶姑劝客待茶烹。
还凭活火旗枪斗,品茗何妨又一更。

社科院高知楼

食有鱼兮出有车,新楼耸峙待安居。
请看竹翠花明处,砥励人材为国储。

社科院内植树建草坪并栽松树

平铺红壤植青松,生趣顿添小院中。
朗日光风来沐浴,多年蟠屈看腾龙。

马年迎春曲用蒸韵二首

(一)

中枢稳健国能兴,九域祥和五谷登。
落马贪官时报道,如熊股市缓回升。
荧屏炫逗千家乐,街道亮悬七彩灯。
伫待洪钟零点震,迎来八骏看飞腾。

（二）

国运昌凭科教兴，工商活跃竞谁能。
价跌轿车廉"夏利"，代更电脑稳"奔腾"。
奥林匹克赢操办，世贸成员准入增。
四海安澜吾有幸，此方冬暖履无冰。

2002年2月

武功山

控压衡庐两岳间，崔巍高扼赣西关。
瀑群声撼紫垣动，"金顶"云萦白鹤娴。
"睡美人"愁"雷打峡"，"神龟石"觅"鲤鱼湾"。
归来犹梦回音壁，翠湿衣襟更勇攀。

2002年2月

四十九初度用石道达《七十抒怀》原玉奉和

伤逝谁能拽日车，人生未可计赢输。
诗情系世吟千首，学海潜心占一区。
杖履曾游名胜境，青春偏好线装书。
望空莫羡凌云士，信笔涂鸦暇有馀。

无题两首

（一）

弹琴抚剑了无心，独向湖滨觅绿阴。
波漾天光林影暗，云深千尺曙星沉。

（二）

春江波蘸柳丝丝，牵挂两心知不知。
一日相逢便分手，别来度日似年长。

2002年3月

登河源龟山塔，下有恐龙博物馆

浩浩珠江溯此源①，黛青山护沃川原。
一城楼矗晴光满，二水波摇车道喧。
姑射仙人逢有幸，恐龙世界劫留痕。
情怀莫待光阴蚀，风物从今系梦魂。

【注】
① 河源市城中有东江、新丰江穿过而交汇。

赣州通天岩行

丹霞山骨高四围，自辟幽壑藏芳菲。
石窟端坐菩萨古，摩崖满壁龙蛇飞。
孝本结庐在山腹，好与东坡弈棋局①。
宠辱都付烟霞中，掀髯一笑震山谷。
阳明讲学招俊雄，悟道证心乐融融②。
一生事功兴于此，良知妙与天机通。
经国经营出奇策，沉沉阴霾手能擘③。
岩罅亦成小洞天，油灯荧荧忘疲剧。
我来叩访于春初，偕游学者周与吴④。
高贤遗躅犹可觅，德治能手今有无？
坐看岩壑静窈窈，傍崖佛殿香袅袅。
玉兰舒卷天地心⑤，道旁芜草倩谁扫？

【注】

① 阳孝本，赣南高士，隐此结屋，苏东坡曾来访他。

② 王阳明在赣州，邹守益等人来此问学。后者为江右王学代表人物。

③ 蒋经国任赣南行署专员时，倡建设新赣南，一时有振作气象。

④ 周建华，赣南师范学院中文系书记；吴中胜，硕士毕业，中文系副教授。两人安排轿车邀我往游。

⑤ 通天岩附近有玉兰树数株，高三四丈。

王士权先生赠《陆晶清传》，敬谢并贺续弦世欣

王陆生平几个知？天遗彩笔白头痴。
暮年光景名山业，凤入书巢莫叹迟。

春寒行

春雨潇潇寒云浓，市场沉浮谁称雄。
入世"狼"来沃尔玛，纷纷降价俨成风。
去年股市缓如熊，而今彩票奖高峰。
几家忧愁几家乐，都似麻将方城中。
昔日米少饥难充，如今粮丰费无穷。
田荒村落惟父老，青壮远走谋打工。
劫盗蒙骗案丛丛，打拐打假皆立功。
奈何贪官如毛密，重刑严判难扫空。
何日民风返淳朴？大道之行天下公。

雁鸣诗辑

午后游青山湖东畔燕鸣岛公园，中有欧洲风情园

破闷避喧声，觅趣寻东瀛。
云低驰黑影，日偶露烘晴。
泥沙间乱石，路断不惮行。
林茂燕鸣岛，畦满紫鹃菁。
月季绛红艳，含笑散香清①。
屋耸钟楼脊，欧洲移风情。
西临湖阔大，波浮南昌城。
楼厦渺渺矗，舟艇点点横。
昔日臭掩鼻，忍看污流倾。
而今涤浊垢，满湖冰玉清。
况筑三园林，如绮绣水晶。
徘徊不舍去，待看月华生。

2002年5月

【注】
① 月季、含笑，均系花木名。

游青山湖相思林

楼居未了寒，况是暮春雨。
晨起浴晴光，湖湾烟缕缕。
身坐相思林，心悦莺脆语。
丛畦怜花湿，新绿萌春树。

大厦矗湖滨，垂虹测温度①。
如龙蟠玉壁，供我遐思处。
怅然东北望，凌波欲飞渡。
恨我无双翼，不得近媚妩。

【注】
① 电力大厦新安装巨型温度计，据说其长度为亚洲第一。

三门峡

驱车到此近黄昏，大坝横前壮旅魂。
锁紧湍流潴万顷，升高水位失三门。
雷声隐隐涡轮转，峡谷沉沉砥柱尊。
从古戾龙难管束，而今驯服利源源。

2002年9月

壶口行

参加山西运城全国新田园诗颁奖会期间，与翟致福、秋枫、王守仁同游壶口大瀑布。

闻道黄河有壶口，千里滔滔此为首。
鹳雀楼头眺不足，访胜探奇偕三友。
晋左雄蟠吕梁脉，车驰苍莽群山脊。
无边平野卧沉沉，当空艳阳光赫赫。
峰藏群壑窈窈静，云萦悬岩叠叠白。

扪天欲啸白云端，转瞬下山惊落魄。
黄河蜿蜒折北来，咆哮怒决壶口开。
浊浪沸涌海倒立，阴风呼啸摇九阶。
导引一洞穿岩腹，壁观半空散雨瀑。
蛟龙横蛮与石缠，翻搅虞渊震地轴。
万古犹存黄河伯，泥沙谅不湮雷音。
何日高原丛林绿，瀑威应更强于今。

江东吟草

应邀参加镇江全国名家书画展，继而参加武进南风词社成立十周年研讨会。

南京清凉山龚贤画师扫叶楼

劫火万家残，高贤泪眼酸。
丘峦栖一角，画卷涌千山。
叶落风频扫，涛春梦未安。
我来瞻画境，幽邃足游观。

2002年10月

游北固山多景楼、甘露寺

爽籁清神跻并肩，俯窥巉险峙临渊。
波光映日辉楼座，腊象迎亲演史篇。
塞北江南归一统，瓜分豆剖历千年。
可怜松桧龙鳞老，只伴亭台不肯迁。

与越兮偕游北固山

飞鸿降自白云端，疑与佳人梦寐间。
信否因缘天有意，江涛拍岸也腾欢。

访焦山碑园过乾隆行宫，赋呈蒋光年、于文清兄

横渡来寻古寺坛，丛林掩映峭岩蟠。
碑多贪看名家字，暇少难攀玉女鬟。
斜日影垂怜水白，微澜风起怯衣寒。
鳜肥泉美蒙邀赏，寥落行宫供笑欢。

访武进南宅访王鉴风词家

南宅有高士，来访生敬肃。
芭蕉照人碧，猗竹伴白屋。
书架列万卷，老犹灯照读。

尘念屏世外，苦吟每昏旭。
荣华何足羡，词刊蕴精玉。
意象缤纷来，光怪夺我目。
摇曳生姿态，娟秀在其骨。
君采夹山菊，宜其香馥馥。

自南宅镇越城湾山往游太湖

驱车城湾远，盘旋越翠峦。
豁然一湖明，山影浸波寒。
万顷晴光漾，数丛芦苇残。
沃壤相错绣，峰岩耸秀鬟。
流域文明古，人杰毓其间。
聪敏加勤奋，富庶当有关。
偶作武进客，难得肆游观。
同伴二三子，歌啸惊微澜。

澄霞诗社社长李仲玉八十二岁自寿诗征和

霞映澄波恰好航，云烟过眼看帆扬。
诗心有趣勤挥笔，海屋添筹遥劝觞。
涵养无非存浩气，登临岂肯逊儿郎。
匡庐一别三秋梦，想见兰亭啸咏长。

贺九江诗词学会第五届会员代表大会召开

渊明冲淡自然成,山谷崛奇涩味生。
此日诗潮春浪井,清真雅健倩谁评?

题傅占魁编《二十世纪诗词精华》

百载歌吟世运衰,岂因诋毁剧风摧。
君迷凄丽沉哀境,我爱雄奇诡谲才。
尘海几人承大任,缥缃万卷待精裁。
茫茫江汉长凝望,相晤何时访古台。

2002年10月

纪念清朝施琅将军遵嘱作

千舰扬帆挝鼓隆,大军所至负隅空。
澄清海宇天人愿,一统金瓯花树葱。
蕞尔藩难违大势,巍然功伟铭岱宗。
台湾今日掌权者,记否施琅出战雄。

台湾行吟草

东航飞机降落香港大屿山机场

大鹏降自白云天，海浪滔滔巨影旋。
幸得南溟归一统，此身已到国门前。

2002年11月至12月

夜自台湾桃园机场至淡江大学

楼台灯火半空明，大道驰车听海声。
四十年来台岛梦，此身恍作梦中行。

淡江大学觉生国际会场四望

崔嵬楼耸与山齐，绿树鲜花叠叠围。
斜迤淡江如白练，天光照映闪寒辉。

台北市长竞选拉票

折腰拜托扫街行，锣鼓喧天耸听声。
阿扁身分都不顾，为拉选票剧嚎争。

阳明山感兴二律

12月5日胡恺叔公陪游阳明山,有王阳明塑像、辛亥光复楼,面对大屯山。

(一)

峰回路转看云横,跃上高巅片刻程。
有夏无冬花硕丽,上坡下涧鸟嘤鸣。
海掀巨浪浇狂焰,天遣巍山镇乱萌。
来掬心香能否悟,良知与日共光明。

(二)

黄花郁郁草凄凄,一世枭雄到此悲。
战不能赢军易溃,败犹思返势难为。
大屯山积迷濛雾,光复楼藏黯淡碑。
旧恨俱泯天亦老,金瓯一统岂无期。

台北东北角野柳

踏沙径转翠云陬,浪吻乱礁铁齿丘。
滩曲早遗仙客履,石端高耸女王头[①]。
波蓝疑润岫边树,质净能窥水底沟。
我爱茫茫东海阔,万年风电锻瀛洲。

【注】
① 在沙滩上有风蚀奇石,或形似鞋,或似维多利亚英王头像。

答赣籍台胞龚嘉英先生用其原玉[①]

鲲鹏渡海五旬春,犹忆家山鱼鸟亲。
迎我来瞻新店月,祝公长葆老松身。
风神磊落成诗峭,世味苦寒有酒醇。
探秘多年勤杜传,从今辉彩伴星辰。

【注】
① 龚嘉英先生,江西靖安县人,寓居台北新店市,著有《诗圣杜甫》。

雪景两首

(一)

纷扬雪籽落沙沙,童子仰天笑哈哈。
一带寒林苍老叶,顿时化作白银花。

2003年1月

(二)

冻僵百卉失生机,残雪晶莹映月辉。
几盏路灯寒瑟瑟,行人寥落缩头归。

答南京吴小铁先生

北山梅绽初,南国柳犹枯。
多谢君邀意,冰心贮玉壶。

无 题

多景楼头系梦痕,幽兰在壑待风温。
赏兰人在西江远,知否梦归何处村。

五十初度用曹操《短歌行》韵

吟诵啸歌，其乐如何。
悠悠浮世，负人者多。
先辈健否，旧雨难忘。
始知天命，注重健康。
肃容束衿，居敬虚心。
不成大器，抱憾至今。
何处莺鸣，来寻艾苹。
为迎佳宾，泉奏簧笙。
泊如明志，诗话勤掇。
文化一脉，不可中绝。
大千世界，目击道存。
翘首家山，何以报恩。
颜凋发稀，身欲奋飞。
佛山见招，杏坛可依。
匡庐山高，鄱湖水深。
徜徉歧路，郁郁我心。

2003年2月

史学大师陈寅恪骨灰今春归葬庐山植物园，冥诞日举行揭碑仪式

重峦开抱待魂归，觅选冰川石作碑。
太乙居旁为友伴，含鄱如口纳恢奇。
文章不朽关天意，节义从来乃国维。
仰望匡庐云雾里，一峰屹立万峰移。

2003年6月

申报重点学科有感

振兴文化白头痴，毕竟诗词不入时。
最是无忧心态好，我行我素自修持。

朱仙镇悼岳飞

烟尘濆洞铁蹄飞，收拾山河更待谁。
九地黄流丹心恸，八千里路黯云垂。
回师有令偏安策，无罪戴枷罗织词。
我恨权奸多误国，梦回仙镇有馀悲。

刘膺爙继《滤渣诗抄》后有新集梓行，赋此致贺

以渣为喻态何谦，返朴归真得自然。
三峡涛声萦梦境，当阳战迹入诗篇。
松经雪后枝犹健，菊到秋来蕾始妍。
何日琴台能把晤，南安一别逝如川。

游承德避暑山庄

驱车关外路迢迢，夜宿清凉蒙古包。
来觅兴衰熙世梦，恍如应对帝王诏。
柳垂湖岸萦如织，柏护文津翠未凋。
自古皇朝难永固，却留遗迹客如潮。
京城之外觅新巢，九域来朝使节轺。
天下民愚供驾驭，江南景好萃娇娆。
书藏经史兰台阁，仙渡娜嬛白玉桥。
天子大兴文字狱，江山坐稳乐逍遥。

2003年7月15日

济南谷世刚《稀龄吟》征和敬步一律

笺来仰望白云高，天意茫茫涌海潮。
难得琴台流水韵，更奇松骨凛风标。
好诗余味出清淑，贞士幽踪甘寂寥。
莫叹稀龄光景迅，祛愁把酒有蟠桃。

步钱时霖先生诗韵自咏

品鉴瑶章酽味浓,神游茶界结深情。
精心挑选珠玑妙,两载能编此集成。

台北陈庆煌教授母林太夫人逝,驰函告哀,诗以志慨

风云不测守陈门,磨难多艰淑德存。
蔗境饴甜儿女孝,芳徽风迈闾里尊。
一朝鹤返无遗憾,百代恩垂荫后昆。
君家叶茂根深处,梗樟能慰九泉魂。

吉林吟草

应长白山诗社邀,参加该社二十周年大庆。

净月潭国家森林公园

森森绿幕漏晴光,万树摩霄日色凉。
幽径穿林松鼠窜,澄潭卧月鹭鸶翔。
乾坤淑气锺灵地,生态新区拓大荒。
了我江南游子梦,依稀关外有潇湘。

2003年8月

游丰满水电站、松花湖、五虎岭

松花湖明净，坝锁柔其性。
急湍冲轮转，发电遵命令。
电力送城乡，万家不愁暝。
沃野得溉流，豆菽多茂盛。
我闻丰满名，今来趁诗兴。
游艇犁浪开，涟漪荡水镜。
两岸转翠屏，石壁挺瘦硬。
欢呼到虎岭，泊舟寻仄径。
虎吼杳不见，林密鸟鸣应。
远眺暮山紫，晚霞染妆靓。
俯观清波中，轻鸥自由泳。
我待松风静，伫立听高咏。

长白山天池行

千万年前火山喷发吉边陲，熔岩四迸林海灰翻飞。
獐死熊埋虎跑鹿窜踪迹绝，一时星沉月死日敛威。

山巅形成大盆凹，神山谁赐名天池。
泉液贮此开玉镜，池溢为瀑东西垂。
冰雪皑皑群峰冻，银鳞白爪蟠蛟螭。
龙抱盆池渴来饮，云腾雾起谁能窥。
我来恰遇初秋爽，主人好客轻车驰。
盘旋直上最高岭，俯眺十六峰巍巍。

嵯峨环列恭护卫，冰池净似平玻璃。
转瞬云涌昏黯黯，池羞遮面峰如移。
对此大笑复缅想，女真崛起神助之。
寰海混同版土阔，不然难得逢盛时。
此山归来无遗憾，只嗟造物天工奇。

赠长白山诗社秋枫主编

栽梅种菊遍关东，侠骨柔肠唱大风。
唱得群山都响应，谁知沥血染秋枫。

长白山诗会遇潘慎先生以《七十初度自寿诗》征和敬赋一律

未料阳谋法宝稀，直言蒙屈著囚衣。
东坡不为乌台沮，山谷每求妙句痴。
交友无欺凭挚性，处穷有道蕴悲诗。
白山踏遍君仍健，潘鬓风华四海知。

秦皇岛吟草

参加北戴河第十七届中华诗词研讨会有感

燕赵多悲歌，易水起寒波。
萧瑟秋风来，征战几经过。
芦沟燃烽火，地道抗凶倭。
平津枉筑垒，沮师入网罗。
三战定天下，八方庆共和。
大雅觇国运，雄概未消磨。
功勒秦王岛，旌扬北戴河。
宏文共研讨，璞玉供切磋。
天意厌纤巧，人间崇磊砢。
我来倾耳听，海涛壮吟哦。

2003年8月

游山海关，时逢大风雨

雨侵山海关，登高怯衣单。
密云西南来，升腾漫角山①。
凄然东北望，澜翻渤海湾。
徐达择咽喉，重镇扼虏顽②。
方城筑森严，兵阵敌所惮。
争战三百载，失之宇内寒。
昏愦当道者，不辨忠与奸。

铁蹄入关内，血腥满尘寰。
士民如崩土，不敌清兵蛮。
天地有翻覆，元气皆摧残。
今日守边将，前鉴从此观。
勿图私欲快，应为天下安。

【注】
① 角山：燕山余脉最东山峰。
② 明初大将徐达，文韬武略，镇守于此，始筑山海关。

老龙头

此处有清康熙帝"一勺之多"碑，言渤海乃一勺之水。

汪洋渤海卷惊涛，一勺之多语旷豪。
拚战百年遗堡垒，拓疆万里号天朝。
可怜专制扼民智，犹为极权设狴牢。
千古帝王同一辙，江山都在网中捞。

夏国初点评：第三联击中了独裁专制的要害，名言警句，绝唱也。现在不少人怀念旧时代，为独裁者招魂。

过谭嗣同故居菊石书屋，是时参加中华诗词学会浏阳工作会议

临街不坏嗣同宅，书屋犹存刚毅魄。
四海寒云闪电光，万重忧患探心得。
头颅来日拭刀锋，鹄志当时铭菊石。
天诞奇人浏水滨，莫教流水鸣凄恻。

2003年8月

观常德诗墙

沅江岸屹坝巍巍，今我来临试一窥。
十里长墙碑整洁，千篇妙品笔腾驰。
蛟螭蟠屈涛应退，心血浇凝鬼亦奇。
此地人齐精卫志，周巡海内孰能为。

题丘海洲兄《观云楼集》，初交于羊、鹏二城，迄今一星纪矣

吾兄自少好吟诗，李杜苏辛纵览之。
袖海潮音胸壮阔，观云容色境恢奇。
峥嵘岁月供挥笔，苦辣人生始展眉。
最羡翩翩才调美，琳琅一卷慰相思。

赴婺源诗词学会重阳雅集

　　10月18日，予自星子过景德镇，傍晚至婺源许村镇，东道主方正有限公司，生产松脂加工品。

（一）

　　我趁阴霾渐散天，半千里路会群贤。
　　主宾倾盖青山里，老少敲诗旧桌前。

（二）

　　林润晴光围翠霭，炉熬脂液袅轻烟。
　　耽吟莫笑霜添鬓，论道羞言遽息肩。

武功山吟草

省诗词学会常务理事会暨金秋诗会在芦溪月池山庄召开，众人登武功山金顶而返。

登 山

为壮胸襟上武功，队中况有老诗翁。
狮岩龟石皆低首，高处方知博大雄。

2003年10月下旬

高山草甸

云低日近叩天门，草甸茅疏树不存。
四望乾坤无障碍，群峰拱卫金顶尊。

金顶观日落

登上江西第一峰，群雄匍匐隐空濛。
天风为我开云锦，伫看熔金落日红。

次晨金顶观日出

排难奋力上巉屼，只为今朝揽壮观。
眼底尘寰沉睡醒，天边喷薄金玉丸。

赠芦溪月池山庄主人

方廊小院会群仙，山色溪光入座妍。
多谢主人殷切意，裁云织锦记因缘。

张炜《七十闲吟》征和敬和

张君七十未华颠，乐以诗书伴醉眠。
经雨经风俱过隙，知天知命总随缘。
嘤鸣海宇云游客，吟啸梅园鹤鬓仙。
休道古稀衰脚力，犹能攀上武功巅。

陪晨崧部长赴靖安考察诗词之乡，自三爪仑至罗湾乡

峰回路转幽，深壑涧清浏。
如虎如狮石，时喧时寂流。
红枫鲜欲醉，古木偃犹遒。
想见春花灿，何时约再游。

霍邱何怀玉诗集出版，赋诗致贺

谁怜何逊裔，怀玉又如何。
北戴相逢短，南昌挂念多。
情牵寰宇事，风动蓼湖波。
伫待颁新著，开襟共切磋。

李茂垠夫人李玉梅六十寿诞，遵嘱作

玉立抚河滨，今开六十春。
风中舒秀骨，雪里见精神。
不羡名门贵，独欣连理亲。
我曾到梅屋，和气禀天真。

晋祠神游曲赠难老诗社

谁造晋祠于唐墟，谪仙歌啸涪翁书。
水源地灵欧公谒，文采霞蔚瑶章储。
吟坛曾经风雪冻，大雅复兴阳气舒。
诸君结社悬瓮麓，诗刊卷卷排玑珠。
难老泉涌泠泠韵，涛翻四海相应呼。
水母楼前涵翠影，照得兴亡故迹无。
待看梦笔生花处，城郊新貌供画图。
何时成我太原旅，欲觅吟俦许步趋。

题安义《文峰诗词》

植树文峰，桃李杉松。
风梳雨润，郁郁葱葱。
甲申春归，泉流淙淙。
鹿鸣涧壑，猴跃林丛。
弘扬国粹，铿锵黄钟。
诗乡在望，吟咏成风。
经营惨淡，克奏丰功。
摘藻织锦，积健为雄。

赠吴斌博士，时自东京返，将赴哈佛大学深造

星子吴门秀，医林脱颖英。
丹诚攻学术，光彩挈东瀛。
为觅尖端技，飘然美国行。
青春能锐进，扁鹊必将成。

2004年2月

胡恺叔公自台湾返都昌故里,时逢九十米寿,赋此致贺

穿云鹤到九江湄,健步无须杖拄持。
壮驭师团抛热血,老研人性获新知[①]。
湖漪照影须眉古,兰蕙传馨肺腑滋。
坐拥岩峦松郁翠,添筹更待百年期。

2004年3月

【注】
① 叔公青年从军,任团副时与日军战斗甚多。老年著有《新人性论》等著作。

鄱阳县芝山公园登高,时在谷雨诗会前一日

泱漭鄱湖一望平,高霄冥漠鸟飞轻。
半城楼拥芝山秀,万劫愁销止水清。
来傍名贤生敬意[①],欲闻林樾荡吟声。
明朝更待群贤集,雅俗无妨凤鹤鸣。

2004年4月19日

【注】
① 公园内有范仲淹塑像、江万里殉难止水处。

夜游城西杨柳湖景区仿古城，实为防洪大堤也

城堞参差杨柳陬，巍然为坝藐洪流。
石墙溯古雕贤哲，灯火映天傍斗牛。
笑看千家居广厦，下窥两水夹沧洲。
龙泉更待黄钟振，雅集凭谁问乐忧①。

2004年4月27日

【注】
① 谷雨后七日，予赴丰城、樟树、高安三市诗书画联谊会。

延庆县杏花咏赞

八岭相牵早缔盟，勇能北拒寇纵横。
长城几战烽烟散，深峡重开鸾凤迎。
红杏交枝招蝶舞，玉葩缀簇倚云生。
千林共遏风沙恶，不渎群芳蕴藉情。

西安城荐福寺小雁塔

万劫犹存此塔雄,待谁维护振宗风。
凌霄莫逐依依雁,弥缝重敲寂寂钟。
尘世纷纭真相现①,祇园清净法门通。
乾坤今古无穷事,都在拈花一笑中。

【注】

① 真相:佛教语,犹言实相,本相。白居易《画大罗天尊赞文》:"真相俨若,玄风穆如。"

熊东遨点评:若即若离,若虚若实;禅得正宗,诗得正法。

省科技厅长李国强乃予当年领导,惠赠近著《官学之间》有感

官清学博与民亲,官学之间气味真。
镂石汲知怀郁勃,探奇揽胜奋精神。
久研赣史车书满,为富乡邦科技新。
更取经从瀛海返,播扬花雨待回春。

2004年4月

秦皇岛市碣石诗词学会成立二十周年感赋

中华劫后起歌吟,碣石风云每降霖。
数卷琳琅觇气象,廿年辛苦遍知音。
要携志士拓新境,更沃青苗变绿林。
犹盼寰球重生态,嘤鸣四海汇同心。

纪念王渔洋诞辰三百七十周年感赋

诗坛萎靡三百年,一瞥几为瓦砾填。
吟风弄月无兴寄,模山范水纷雕镌。
渔阳山人倡神韵,万法之中得真诠。
羚羊挂角求无迹,凤翔千仞龙潜渊。
山之空灵在云水,花之风神孕鲜妍。
书无气韵墨猪似,画蕴意趣如悟禅。
而今我辈为诗者,慎勿为物形迹牵。
襟怀涵咏在高远,光灵摩荡神理绵。

杨义(中国社科院文学所原所长)点评:曾写过《民国旧体诗史稿》的江西学者胡迎建所作《纪念王渔洋诞辰三百七十周年感赋》,从王渔洋"神韵说"入手,谈论感悟思维方式的广泛渗透,贯穿于书画各领域。

登翠微峰顶，寻易堂遗址慨然有感[1]

撑天一柱势崔嵬，磴道危从坼隙开。
青嶂四围争拱卫，巉岩千丈出尘埃。
丛篠挺直凝真气，风雨摧残剩砾堆。
眼底奇男今有几，横流物欲使人哀。

2004年5月

【注】
① 易堂为清初学者魏禧等易堂九子隐居讲学处，在翠微峰顶，今圮。

金精洞戏作[1]

天擘穹窿孕丽张，丹崖为殿雾为裳。
餐桃忘渴成仙女，凿石求婚乃色狼。
冉冉金精归渺邈，痴痴云雨梦荒唐。
我来听得佩环响，遥望青空暗惋伤。

【注】
① 传说宁都张丽英栖隐此山，餐桃忘渴而成仙。长沙王吴芮闻其美貌，凿石开山求婚，丽英腾空升天时，劝他为民祈福，莫生妄念。

《中华诗词》创刊十周年感赋

中华劫后起歌吟,京国刊行惬众心。
百卷琳琅觇气象,十年辛苦遍知音。
要携志士拓新境,更护青苗变绿林。
犹盼刚柔兼雅俗,必能成就泰山崟。

2004年5月

星子县五柳诗社成立二十周年,赋七古志感

渊明故里遗风久,结社廿年号五柳。
前呼后应竞风流,琅琅可诵万千首。
我亦系念家园春,想见高吟震星斗。
宫亭湖畔看掣鲸,不负匡庐叠嶂秀。

2004年8月

咏风筝,遵毛静嘱作

线一牵拉便上天,无须动力亦翩翩。
儿童最盼风轻日,我亦悠然望纸鸢。

贺戴云蒸先生八十寿辰，用原玉奉和

战尘踏落怅云烟，换得推敲仰啸天。
早岁心雄谋国事，晚来襟阔结诗缘。
三唐文化供涵泳，百架书山勇觅攀。
想见朱颜犹未减，大槐荫下乐如仙。

2004年8月

浙东吟草

应绍兴文化局邀，作"沈园杯"全国诗词大赛评委，侍明锵丈、逸明、东遨兄同游。

绍兴兰亭

久慕流觞风雅事，而今胜会到兰亭。
主人好客供宣纸，我辈挥毫怯广庭。
渟潴池游鹅颈曲，蜿蜒溪绕竹林馨。
人生应悟如逆旅，只有满山郁郁青。

2004年8月

诸暨西施故里，李国林女史、鲁信先生导游

浣江清清浣纱女，选送吴王惑不已。
颠覆吴国兴故国，功成飘然随一苇。
天下第一美人称，若仅凭色失之矣。
世上如花似玉多，何如此女关国祉。
我来茅屋苎萝村，不见江边浣纱痕。
风吹微微荷裳颤，绕池依依吊香魂。

游五泄国家森林公园

高坝隔断仙凡界，俗虑都抛九霄外。
乘艇滑行琉璃湾，舣岸坐轿转山隘①。
豁然逶迤小平川，茂林翠篁穿溪濑。
川尽苍壁障天西，五级瀑飞弄狡狯。
或如白龙夭矫奔，或如鳞峋挂玉带。
潭侧飒飒风生寒，瞑听似翻涛澎湃。
跻攀哪顾脚力疲，欲觅源头遮丛荟。
留得云水行吟踪，日已西斜返无奈。

【注】
① 轿夫言山陡不易行，故三人坐轿，然数百步转过山隘，却为平地。

陈三立墓在杭州九溪牌坊山，同逸明、东遨兄前往凭吊

富国强兵愿未销，世衰袖手愤牢骚。
安眠有幸山葱郁，遗恨不知寇遁逃①。
曾觅行踪增景仰，每开诗卷见风操。
墓门稍刈萋萋草，惜未携来酒酹浇。

【注】
① 卢沟桥事变时，陈三立在病榻上犹关心时局，后绝食逝，并不知日军最后败降之年月。

西 溪

曲港通幽荡小船，桨声惊动鹭飞天。
荒洲芦荻依稀在，欲觅词魂已怅然。
清溪堕影远山巅，芦苇摇秋野岸边。
曾是吟魂栖止处，待招鸥鹭问当年。

游西溪用东遨、逸明兄原玉

抛去尘嚣偶趁机，天然野趣望中迷。
柿槐依岸槎枒健，芦荻遍洲摇曳低。
九畹荒芜悲者我，一方独立美人伊。
花甸新祠行将现①，应有吟魂返此溪。

【注】
① 闻道规划重修秋雪庵、两浙词人祠。

钱明锵先生痛失女儿，闻讯伤悼，诗以慰之

湖边玉碎香魂逝，海上雷鸣电闪来。
怒谴车轮如虎猛，滂沱雨亦泣冤哀。
吟坛健将正扬旌，忽作断肠呜咽声。
闻道千人齐震悼，或能稍慰泪河倾。

游白马湖药山，在此参加中华诗词学会常务理事会

寻仙采药白云间，坐石谈禅亦洽然。
岩畔龙蛇碑上舞，寻诗到此足流连。

2004年9月

菲律宾许道源先生嘱题第六届菲中诗书画神墨展，用其原玉

溟茫隔海气通融，凤鸯龙飞翰墨功。
华夏文明传异域，鹊桥谁驾到菲中。

范坚先生招集作家、学者于梅湖别墅，在八大山人馆对岸，赋此志感

范子殷殷折简邀，门开白馆碧棂雕。
樟阴隔岸青云覆，蕉叶出墙绿扇摇。
列壁龙蛇蟠且舞，堆盘鱼兔炸还烧。
更谁一抚南薰曲，欲引飞鸿下沉寥。

靖安长灵寺重阳雅集因事未往致贺

长夜灯传马祖禅，灵光移照岭云间。
菩提树下心开悟，梵呗声中气定闲。
想见黄花多郁郁，欲寻白瀑化潺潺。
我愁公事缠难了，犹待来年采菊还。

第四次全国中青年诗会在井冈山召开在即，操办有感

安排妥当莫仓皇，只盼吟俦上井冈。
此日遗踪供缅想，当年割据倚刀枪。
红旗指引英雄聚，才士切磋文运昌。
川媚泉清烽火杳，巍巍五指待华章[①]。

【注】
① 五指，即五指峰，为井冈山峰名。

象山庵，毛泽东与贺子珍结婚处

知否当年草木寒，一灯闪闪照山庵。
潜龙能得鸾投合，僻地何妨瓢饮欢。
院外松杉常滴翠，墙头文字尚存丹。
轻轻脚步油然敬，只惜分栖泪不干。

赴景德镇应邀作千年庆典诗词大赛评委感赋

粉彩怡谁意？青花夺众眸。
龙珠腾杰阁，星汉灿清流。
心系千年瞬，诗征四海酬。
辉光增景市，妙句此中求。

2004年11月

安义诗社举办南安国道开通诗书画展嘱题

国道喜开通，谁为赫赫功？
前途平似砥，飞速畅迎风。
安稳飚车上，崎岖残梦中。
此身真有幸，顾盻意无穷。

奉答承德王玉祥兄《南昌赠迎建》

诗坛喧寂几遗君，君乃潜心笃好文。
浮噪终归为泡沫，青松无碍染斜曛。
曼殊钵泪知音者，老杜情怀托命人。
重晤井冈惊逝水，笑邀俊彦与成群。

2004年11月

轻舟诗辑

中华诗词学会举行第二次代表大会赋此致贺

从来群彦握龙蛇，诗国之称岂妄夸。
辞采缤纷增宝库，吟魂高洁化梅花。
扶轮事业商日下，满眼春光接海涯。
莫道江津能歇泊，征帆此去路犹赊。

2004年12月

奉和梁玉芳女史诗

不须踏雪约寻梅，馆舍谈诗待叩扉。
五岭云横怜雁影，伶仃未趁好风回。

敬亭山

沧洲趣在敬亭山，小谢诗香诱我攀。
欲漱清泉闻鸟语，栖居还觅此间安。
一片孤云覆敬亭，被风吹散见青冥。
仙人已去丹梯渺，独我来窥数点星。
莫道宣州秋色寒，青松翠竹满峰峦。
云闲山寂涵奇趣，赢得诗仙不厌看。

读《黄兴传》

如磐风雨起豪英，屡蹶仍攻忘死生。
力撼清廷终瓦解，魂仇袁憝愈专横。
中山有幸元戎辅①，白下蒙羞和议成②。
革命多艰赍志殁，至今涛涌不平声。

【注】

① 孙文，号中山，创建中华民国第一人。元戎，指黄兴将军，辅佐孙中山先生开创民国。

② 白下乃南京之别称，1912年民国临时政府定都于此，与袁世凯签议后迁都于北京。

海啸曲

印度洋上晴无霾，海底忽有强震来。
坤轴颤抖竟斜侧，板块撑持疑裂开。
高浪百尺肆狂啸，长驱千里排山推。
十万生灵倏化鬼，四国滨海遭挫摧。
田庐漂没城镇毁，孑遗伤惨观者哀。
旷古未有此浩劫，只恐救援为薪杯。

南昌象湖组诗

天鼋矶

一鼋浮去岸边栖，障隔喧声守望西。
燃犀探照鱼龙幻，登顶招邀鸥鹭依。
云绕蓬瀛香袅起，波涵日月曜垂低。
天人合一归真趣，妙在濠梁乐自知。

2005年3月

章江小渡

天净湖明一镜开，波光潋滟映瑶台。
车声隐隐喧衢道，丝柳依依拂玉阶。
南浦送君伤月色，西山待我壮襟怀。
乘舟此去瀛洲岛，缥缈琼楼约伴来。

象湖万寿宫

记否当年奋斩蛟，尔来铁柱镇狂涛。
剑挥旗舞礼星斗，鹤驭仙归捧寿桃。
紫府祥光腾福地，丹炉瑞气贯云霄。
河清海晏祈康乐，钟鼓声声警勿骄。

象湖万寿塔

崭然一塔耸湖山,宝盖凌云绕紫鸾。
俯眺鱼鸢波涌处,仰窥牛斗轸行间。
瑶琳苑里邀仙客,松竹丛中筑道坛。
爱赏朝霞观夕照,纵然醉此也心安。

题荆州乐本金《心花散雨集》

从容心态望云闲,况古人云仁爱山。
履及灵均流放处,神游太白隐居间。
民生疾苦思究底,国运兴隆瞩接班。
郊野春来花满眼,定然觅句饱囊还。

斗全、东遨、海洲兄赠上元诗,仍用王安石诗韵奉和

龙腾狮舞九州同,惜不如前淳朴风。
屈子魂犹抛脑后,情人节竟盛城中。
行刑难扫贪心吏,安众欣无折臂翁。
夜雨飘零寒彻骨,明朝日起照应公。

2005年2月

斗全、东邀兄先后寄赠唱和诗，用原韵迟复

立春已过恨春迟，正是风欺雪虐时。
猴别鸡鸣闻起舞，熊憨马笃竟吟诗。
保先只恐同三讲，表态难能置一辞。
可怜浮世绘依旧，辜负哀梨笔一支。

淮安诗词学会会长尚云嘱题新编《淮扬菜系》，因忆当年在扬州

有子殷殷折简邀，竹西小馆品佳肴。
淮扬风物萦心恋，章贡乡思藉酒浇。
如穗腰花麻辣爽，添金针菜嫩鲜娇。
留香齿颊供回味，扶醉出门月渐高。

婺源县农民零负担谷雨诗会在严田古樟园

（一）

田无赋税古来无，恩沐乡村雨润苏。
世外桃源非梦想，和谐共构富民图。

（二）

千尺樟高伟丈夫，腾翔蟠屈九龙如。
山川淑气供培养，溪畔羡它润不枯。

（三）

一溪油碧绕村头，映日波光返照楼。
人与自然求合一，探花寻柳约吟俦。

2005年4月20日

游婺源灵岩洞

灵岩藏有七重天，钟乳溶成狮象鸢。
福地琅嬛何足比，灯光照映尽奇妍。

浮梁瑶里行

赣东北界有瑶里，黄山为邻高岭趾。
林海茶乡瓷之源，今我得见惊其美。
雨狂泼后气犹寒，云纱飘袅茂林峦。
水车碓臼遗址在，淘土开窑肇此间。
绕南盛会群宾赴[①]，茶道香时载歌舞。
青溪活活流何方，层峦已遮来时路。

车转汪湖更高巅，绿丛怒放红杜鹃。
　　楠楮檀枫南酸枣，树如巨柱丈围圆。
　　老藤虬曲如粗蟒，或横卧路或攀缠。
　　龙脉所在人不斫②，林密枝稠黯黯天。
　　长壑深谷九瀑吼，潭形如锅或如斗。
　　侧窥泻玉泼珠处，龙腾跃渊恋回首。
　　又闻汪胡村中民，高寒种茶差脱贫。
　　而今兴办旅游业，探幽络绎四海人。
　　忽然雾遮群峰面，绰约仙姿隐隐现。
　　贪揽山色车催归，境奇还待梦中见。

2005年4月23日

【注】
　　① 绕南，地名，在瑶里东南山谷中，景德镇诗词学会谷雨诗会与景市茶文化节合并在此召开。茶道表演时有歌舞，有器乐合奏。
　　② 此山气候温润多雨水，千年来，汪湖村民崇信山有龙脉，不敢伐木，故形成原始森林。

靖安橹崖筏游用刘道龙原玉

　　满壑森森翠漫坡，跨河溜索往来梭。
　　不知远古谁遗橹，怎胜如今共荡波。
　　绕石无危旋转过，漂流有兴抑扬歌。
　　恍闻峰谷仙人语，若到云根感悟多。

江西历史名人咏赞晋代斩蛟英雄许逊

水浸豫章卷黑涛，挺身拔剑斩孽蛟。
人噙热泪谢恩降，疫遇灵丹化鬼逃。
城镇安居兴闹市，田园排涝茁青苗。
河清海晏祈康乐，万寿宫中气贯霄。

南唐大画家、进贤人董源

身逢保境小朝廷，剪取风光入画屏。
满纸云腾峰叠叠，留痕月印浪潋潋。
峥嵘独创披麻法，奇谲应成变革型。
故里生平文献少，谜团索解到钟陵。

明代大将军、南昌人刘铤

边疆多事战云焚，铁甲披身勇出群。
才向腾冲驱缅寇，又奔高丽扫倭军。
大刀所向如茅刈，暗箭难防洒血殷。
卫国长城一朝毁，万家低首泪纷纷。

修水县成立诗词学会志贺用元韵

幕阜山高磅礴尊,修江蜿曲出清源。
诗坛惊羡黄山谷,近代推崇陈散原。
振铎谁能承派别,植芳共愿沃苗根。
而今重结嘤鸣集,我亦魂飞双井村。

2005年5月

往西山万寿宫迎候湖南株州乂藏法师说法

飞奔草树昙花现,浮转山河芥子轻。
到得宫前候法雨,缤纷落处夏风清。

2005年6月27日

赠中南雕塑公司总经理谢战粮

谢罢天恩觅地根,战平狂浪现昆仑。
粮丰来自勤耕作,雕塑能开大德门。

悼 父

铁骨刚强病暗侵,十年可怕帕金森。
支撑入定悲仍智①,虚脱濒危苦不吟②。
奔丧迟迟难尽孝③,归来久久未安心。
玉京从此梦萦绕④,碑待何时泪再淋。

2005年7月

【注】

① 入定,入神定之境。悲仍智,用佛家语。悲,慈悲,虽患病仍对儿女极为关心;智,即便痛苦之时,大脑始终不糊涂。

② 父亲临终前身体虚脱,但头脑清醒,未呻吟叫苦。

③ 接到噩耗赶回家中,已是次日凌晨一时半。

④ 父亲卜葬星子玉京山麓。陶渊明诗:"畴昔家上京。"即其地。

哀 父

入暑愈酷热,闻耗心胆裂。
连夜返故乡,父早气息绝。
音容宛如在,倏而灯烛灭。
我伏地三拜,魂断舌如结。
亲朋纷吊丧,母泪流如泻。
忆昨忧父危,拟往故园挈。
父言儿力单,孰料危难越。
父恩如山重,孝思永难竭。

兄弟各努力，亲朋任繁剧。
卜地玉京山，营葬到日夕。
昱晨上高冈，绕墓哀满臆。
黄泉永相隔，松林翠欲滴。
南眺鄱阳湖，涛翻浩无极。
西望鹤鸣峰，叠嶂如愁积。
苍天佑佳城，两旁延山脊。
青烟杳杳升，魂兮长安息。

悯 母

父在母侍艰，父逝母孤单。
母亲一生苦，念之心悲酸。
盼迎来南昌，或能稍慰欢。
垂柳拂净绿，陪伴湖畔间。
夜深母无眠，侍奉灯下谈。
惟祈身心健，庶能晚境安。

忆父当年开除公职回家情景

一纸惊魂罢职归，孤舟载父浪风凄。
耕樵只为口粮配，管制何严高帽随。
令守瓜棚防夜贼，派来工地助群炊。
团圆每恨鄱湖阔，落寞求人杳邈期。

2005年8月

三晋吟草

赴太原参加中镇诗社会议,继往晋南阳城参加清代名相陈廷敬诗学研讨会。

五台山

五台久萦心,得见乃在今。
势压东北晋,连嶂云沉沉。
轻车入大壑,错落祇园深。
上下坡陀转,松柏何萧森。
白塔仰高峻,龙泉费攀寻。
香客如潮涌,跪拜贡心忱。
偶得清净境,妙观聆梵音。
同行十余子,感慨多高吟。

2005年8月

游阳城九仙女湖

太行绕东端,中条亘其南。
两山蜿曲遇,对峙峡谷间。
沁水喧日夜,大坝锁奔湍。
潴为湖如镜,山川增静娴。
群峰绵延展,排列多巘岏。
高岩如斧劈,孤峰宛秀鬟。

我辈有缘至，何不洗尘颜。

艇转阁老溪^①，幽森入仙寰。

崀崿峰遮日，丛绿遍山湾。

名相题字处，石刻遗斑斑。

出自玄妙境，来向仙台攀。

山影波光映，此岩独立蟠。

登临开我襟，谈笑相谐欢。

天人祈合一，尽揽水云宽。

【注】

① 阁老溪：传说陈廷敬曾在此隐居，为清康熙间台阁老臣。

论名相陈廷敬诗

文治功高帝颔之，浇漓风俗力能移。

可怜赫奕名臣业，满卷琳琅识者稀。

高吟兴"未因官减"，知否"名须与世传"[①]。

岂限门庭宗老杜，空灵奇崛得真诠。

韩苏陶韦各能窥，只惜终身守凤池。

倘得骅骝驰四海，笔端万象尽淋漓。

【注】

① 陈廷敬有"诗未因官减，名须与世传"句。

题九江廖平东《苦旅驼铃》《溆浦弱水》

九州俯瞰亦弹丸，更趁飚轮过百关。
胜迹遗存供论说，秦还汉往若翻澜。
苍黯庐山近望迷，涛春浪井听依稀。
且邀知己斟茶酒，掌故纷纷入话题。

为甥王志坚题易度设计嵌四字

易得骅骝巡九州，度冬彩凤上高秋。
设如所愿焕然美，计妙方能出品优。

题红谷春天

浮翠萦青一镜开，高楼间有小蓬莱。
安居最好在红谷，山色涛声隐隐来。

调毛静至我室未遂有感

一场辛苦一场空，为释悲怀倒酒盅。
骥足由绳缠缚紧，羊头烂有窍钻空。

赠景德镇联通公司

雁足传书上古时，绿衣人亦步迟迟。
何如指点手中键，瞬息灵机两地知。

山东吟草

中华诗词十九届研讨会在滨州，参观孙子兵法城、魏家庄园、航空城、枣园

九曲黄河入海天，滨州雨后展秋妍。
采风谁得吟囊满，讲论相交大任肩。
兵法诡奇孙子馆，厅堂古雅魏家园。
航空城上更瞻望，硕果纷纷似枣圆。

2005年9月

过雁来红高科技枣园

万亩丛林科技兴，枝撑叶茂露华凝。
雁来喜看枣成熟，玉润赪红密缀层。
盐碱平原宜种枣，谁赐嘉名雁来红。
海风吹拂上林苑，笑靥纷纷露翠丛。

青州、潍坊行

挥手滨州不速归,驱车结伴向东齐。
怡神襟海滨延远,挂眼沿途柳拂低。
清照祠中临水镜,板桥馆里敬风仪[①]。
此行请得英霞倩[②],随处扶携笑语飞。

【注】
① 李清照祠在青州,郑板桥纪念馆在潍坊。
② 此行由钱明锵先生组团,八人,戏称八仙,请李英霞女士导游。

登青州云门山,过云门洞、上有三清宫、阆风亭

峨峨宫观耸峰端,欲觅仙踪上此山。
转过云门瞻佛窟,依凭岩脊俯林峦。
清光扑眼攀天近,淑气舒怀袖海寒。
却笑三清雕像在,未能大庇五洲安。

杨家埠风筝作坊

别有素雅民俗园,幢幢古屋青紫砖。
此中品类孰能比?仿生栩栩成百千。
长似游龙百节串,小如飞蝶轻蹁跹。
削去竹青扎骨架,裁制丝绢染彩妍。
形兼神气人惊异,夺得绝技奖连翩。

凉飔拂拂风筝起，飘摇渐入高空旋。
滑翔平稳翼微动，引来真鹰追纸鸢。
不虚此游共仰看，一线能将童趣牵。

过上清宫，时在龙虎山诗词大赛颁奖期间

深壑琼宫耸，虎龙见太平。
洞开连栋丽，路转觉身轻。
造化机能觅，逍遥趣自生。
澄心清静处，谁爱诵黄庭。

2005年10月

潘慎、秋枫主编《中华词律辞典》出版，赋此致贺

百年难得此成功，千调都收律典中。
想见才人真有勇，为供词界用无穷。
鸿编翻检琳琅列，众口争传点缀工。
从此休嗟潘鬓白，清芬更看一秋枫。

乙酉孟冬胡守仁师逝世，时逢地震日作此悼之

噩耗传四方，震波撼南昌。
百岁仅差二，一生历海桑。
少年攻文史，初拜汪辟疆①。
负笈珞珈山，刘徐争誉扬②。
烽烟黯东南，辗转嘉陵江③。
崭然露头角，格调追韩黄。
应聘到石牌，身手奋腾骧④。
风尘荏苒久，中年返豫章。
化育桃李众，岂限于赣疆。
治学务谨严，立言何煌煌。
我早闻师名，负笈列门墙。
拜谒南院中，蜗室环缥缃。
淳淳多教诲，蔼然询之详。
问我舅父况，寥落归何乡⑤？
惭我才力薄，索句搅枯肠。
剔我诗中疵，圈点文数行。
更忆研陈会，宏论励乡邦⑥。
登座目炯炯，慷慨音铿锵。
初编《劫后集》，印刷频相商⑦。
衰年诗为伴，吟咏气堂堂。
惭我探望少，未料病膏盲。
从今曰先师，音容永难忘。

2005年12月

【注】
① 先生早年读书于心远中学，名师汪辟疆，彭泽人，后为中央大学中文系主任。
② 先生时在武汉大学，师从刘永济、徐天闵。
③ 抗战时，先生在乐山嘉陵江畔武汉大学执教。
④ 时中山大学在石牌，先生在此执教。
⑤ 吾舅徐奠磐，上世纪三十年代初入南昌师范，先生为座师。
⑥ 1994年召开大诗人陈三立研讨会，先生慷慨发言达一小时。
⑦ 1992年先生编《劫后集》，交付我联系印刷。

奉和邓世广师兄岁末寄怀

远在新疆德不孤，何妨层雪视为襦。
轮台颁发诗章隽，滕阁不愁灵感枯。
犹忆并州多意气，盼来江右有师徒。
忧民医国空耽想，觉悟还须灌顶醐。

嵌名诗贺新岁北京黄君

黄家诗笔耸奇峰，君为先贤大有功。
近更辛勤须保健，好牵义犬舞东风。

河源梁玉芳

梁妹痴诗笔有神，玉兰满室与君亲。
芳馨迎得狮毛犬，好献丹诚伴主人。

吉林郭长海

郭家文笔耸奇峰，长向书丛汲宝丰。
海岳襟怀松老健，好牵义犬闹春风。

西安张君宽

张家文笔耸奇峰，君为文明著有功。
宽厚生祥迎义犬，好从华岳俯青葱。

西安弓保安

弓开中的笔挥锋，保国文明著述丰。
安得吟鞭催我去，好随骏马乐园东。

南昌余伯流

余家研史著新功，伯乐开心文笔雄。
流远须疏章贡水，好从井岗瞰青葱。

南昌黄润祥

黄家文笔耸奇峰，润物无声春雨风。
祥瑞迎来忠义犬，好随贵社逐年丰。

题自画竹二绝

(一)

石旁一丛竹,春来生意足。
何须赏识人,中有亭亭骨。

(二)

亭亭纤秀骨,摇曳清风绿。
傲视卑污者,涓埃酬已足。

丙戌初春读《澄霞诗苑》,知李仲玉先生仙逝,不胜哀婉

北望皇城每祈康,迟闻噩耗久凄凉。
初交携踏匡庐月,厚谊邀游云锦庄①。
无话不谈高志趣,有生尽瘁热心肠。
案头觅得遗笺读,恍惚与公论妙章。

【注】
① 我与仲玉先生初识于1996年庐山诗词研习班,结为忘年友。2003年我往北京,先生邀往其住地云锦园,谈古今事,论雅俗诗。

遵高朝先之嘱敬题《石钟山诗词》

湖口关开天有心，石钟养气蕴灵襟。
江山代有诗人出，硕果纷纷满上林。

游南京梅花山

紫瓣琼葩烂漫春，遍山梅韵播清真。
从来此地锺灵气，莫渎花魂敬鞠身。

2006年3月

焦山俯瞰

缆车载我渡江来，小立山巅亦快哉。
风拂林梢飘鸟语，日斜塔影落楼台。
潆洄汊泊扁舟螳，浩荡波浮翠玉堆。
羡煞高人归隐处，自由身有白鸥陪[①]。

【注】

① 东汉焦光隐居于此，近代有大诗人梁鼎芬、马一浮先后在此隐居读书。

梦游浙江温岭长岭硐天

谁持尖凿重锤来，天赐琼岩斫石材。
集二千年工力搏，辟三十个硐群开①。
长廊光洁涵灵气，曲洞幽奇砌玉阶。
到此魂迷疑造化②，恍然自古有安排。

【注】
① 浙江温岭长屿开发石材有一千五百多年历史，共有二十八个硐群，此用其约数。
② 造化：大自然的化育生成。

咏新千年曙光首照地——石塘

大陆沉沉夜未央，日车绕过太平洋。
绵延海岸齐迎盼，光照优先赐石塘。

龟峰吟草

龟峰大门

双龟伸首拱相迎，迤逦通幽听鸟鸣。
石峻奇如生物展，大旗开处画屏横。

2006年4月

老人峰

高颧苍髯态安祥,三叠神龟敬侍旁。
迥出尘寰观世相,无私无念寿无疆。

振衣台四眺

四面松篁翠霭堆,群岩削出竞崔嵬。
一湾湖似明心镜,映碧濡青不染埃。

金钟峰

铜铸金镶硕大钟,仙人已去彩云封。
世间欲壑谁能餍,应有长鸣震太空。

遵嘱敬题《弋阳诗词》

弋水滔滔来自东,天下雄概有龟峰。
更将传统诗光大,韵藻词葩日映红。

余干吟草

2006年4月江西省谷雨诗会在此举行。

夜宿余干宾馆

夜间彩梦叠相加，起看流云染淡霞。
窗外湖堤笼翠柳，城中春漾万千家。

游忠臣庙

沧海桑田隔一堤，风吹芦荻似飘旗。
可怜流尽忠臣血，换得凯旋创帝基。

在瑞洪遵嘱赋诗赠摄影师涂芳萍

萍水相逢上酒楼，清波闪闪映明眸。
湖涯养护亭亭立，百越风光尽摄收。

咏梅用深圳何春梅原玉奉和

生态和谐播发芽,琼枝紫瓣具风华。
暗香疏影谁能赏,冻雨寒冬莫自嗟。
梦入罗浮嘲宦海[①],折梅陇右寄天涯。
心萦烂漫天真处,纵是云屏雾障遮。

【注】
① 苏东坡谪居岭南惠州,游罗浮山,在梅树下梦见蝶仙。

附录一：原序辑录

《帆影集》自序

予之少时，遭逢"文革"浩劫。下放"锻炼"，无书可读。继而"上调"当苦力工人，困守沙山，备尝苦难。荒洲抛泪，苍天不悯。时予父亦在遣中，归家庭训，偶及作诗之法，并出示先祖雪抱公《昭琴馆诗存》残卷。是时予舅徐奠磐先生居湖口，屡寄诗词，颇受启迪，间亦效颦。于是昼则披风栉雨，夜则燃灯开卷，唐诗三百，适为良伴。即事成咏，聊舒愤懑。一九七八年入九江师专中文科，师以学此不合时宜为言，然嗜好未改，倚声为乐。毕业后分配星子中学任教，与杨国凡老师每有唱和。爰调县府，以修志繁冗，不克潜心此业。一九八五年入江西师大中文系为研究生，胡守仁、陶今雁两导师督以诗课，受教既多，诗功稍进。既卒业，分配江西省古籍整理编辑室，时江西诗社、江西诗词学会挂靠于此，赣省诗流，多萃其中。予忝列《江西诗词》副主编多年，下市县，赴外省，参加诗词活动，廓开眼界，结识高人，目触心感，以诗记之。频年积箧，亦渐可观。虽多发表，然散见诸家刊物，不若集为一册。于是稍加删定，集名"帆影"，盖由内子郭蓉取自予祖父诗句"一泓天外看帆影，万绿风前沃酒尊"。恰可纪念二十年来人生浪迹也。幸逢徐冰云兄慨允联系印刷并承担编辑事，操劳减少。因有此，前所油印之《学步集》、复印之《敝帚集》，均可付之一炬。自惭性拙才浅，然自遂其志，自适其性。若能藉此以会友，得博闻强识之君子，才情并茂之诗人，有以教之，匡所未逮，亦莫快于此。

1993年1月

《帆影集》跋

王瑜孙

大作《近代江西诗话》自是力作，而《帆影集》亦复清新可诵。翻读一过，于足下之志行得窥其大概。《型砂矿劳作》《咏怀》诸什语多朴实，读至"无力穷一经，何能悟新变。树凋复满绿，眼角爬纹线"。其唯恐岁月蹉跎之情跃然纸上，而《自嘲》《感事》《忆文革浩劫中》更令人有不堪回首之慨。大集中五七言近体诗有可诵之句，如："两篆洪崖遗漫漶，一枰世局变苍茫"；"峰如屏嶂窥天小，水作虹流入耳寒"；"章贡分流陵谷异，鸾龙并驾海天低"。五律如《访曹雪芹故居》"世衰悲白袷，灯暗著红楼。抚迹君何在，苍松绕故丘"。七律如《厦门鼓浪屿》"金门未有战声来"，兴慨无端，允称佳构。七绝《大明湖喷泉》《带湖访稼轩故址》均隽永清逸，而《过安源路矿博物馆竹枝词》"枵腹空空怎顾家"，可抵乐天《卖炭翁》新乐府读也。管见以为大作古风尤擅胜场。五古如《景德镇瓷都行》、七古如《江钢行》《诗人节江西蚕桑场之聚》《赞江汽巨变》《绍兴东湖》《黄山北海行》《观电视中多国部队与伊拉克开战》均笔力扛鼎，反映时代精神，而《庐山东线抗战纪事歌》记日寇包抄武汉遭我方反击，令人读之低徊不已。近年各地诗社纷纷成立，赋诗申贺，亦礼尚往来，但人云亦云，终觉乏味，大集中祝清江、抚州、石城、晚晴诸社之作，往往因景抒感,轻挽入题,颇具睿见。《桑海药厂端午诗会》之"亭秀观留影,天清共品诗"即具此妙裁。《九江长江大桥通车典礼》一路迤逦写来,至结句"我亦跻身手拍红"。"手拍红"三字甚妙。其他管窥所及,不尽缕述。足下之春秋正富又能笃学不懈,定能与日俱进。

1993年5月

【注】
作者为上海老年大学教师,南社研究会理事,知名诗人。

《湖星诗集》自序

忆自癸酉年春刊行《帆影集》迄今，投赠交流，为师友切磋之一乐。前尘如梦，已越世纪之交；华发潜生，能无逝川之慨？其间续有涂鸦，存盘电脑，每逢征稿，选寄书刊。然向来视此为余事，不遑兀兀苦吟。河清海晏，未有危亡之恨；身泰神恬，难能穷苦之辞。呼天斫地之歌，仰崇先哲；伏虎屠龙之作，翘待时贤。家藏敝帚，憾不足以传世；身厕滥竽，谅有负于明时。然何以咏吟之、复缀编之耶？盖自弱冠即好此道，坚持之有年，且父祖辈能诗，珍之重之，焉可鄙之弃之。其次，研诗与创作，犹如车之有两轮，相辅而成，不知作诗之甘苦，论诗终如隔靴搔痒，难抉其奥，又何以尚友古人。其三，目睹中华诗词二十年之发展，喜忧参半：喜者时代环境，有助于此道之兴。吟俦之盛，蔚成风气。骅骝竞驰，风骚各领。忧者庸劣之作亦不少，狂者狷者，见怪不怪。予无弄潮之勇，然有附骥之心。况江西诗坛之振兴，予有责焉，岂可袖手不为！其四，登临揽胜宜有诗，吟友雅集宜有诗，忙里偷闲，乃张弛之道。更有社会风尚之转移、时事风云之变幻，小至花木之荣悴虫鱼之动静，潮起潮落，方生方死，寓之目而动于心，又莫不可以诗纪之，较之大块文章，诚捷且便也。故有感而发，能畅悲愉之兴；率性而为，未妨工拙之分。

创异标新，人之所好，奢言改革，终如沙上造塔。诗不学古谓之野，古之大家，如杜少陵之沉雄、黄山谷之奇崛、近世陈散原之奥莹，吾辈虽不能得其万万分之一，然取径于此，庶无野狐禅之讥，然决非泥古拟古，泥之则腐，拟之则赝。生于斯世，当有斯世之面目气息。至于包孕万有，创新意境，则如杯水之不能浮大舟，才疏学浅之故也。

2002年10月

《湖星诗集》序

2002年10月

蔡厚示

　　胡君迎建，吾赣都昌县人士，出生于星子。幼承家学，渊源有自。后又受业于胡守仁教授门下，获江西师范大学文学硕士学位。有《近代江西诗话》《帆影集》等著作问世。学养辞章，俱见誉于时。与胡君忝为忘年交，君之才识，早于各种学术会议及诗词活动中屡有闻见。己巳年秋，偕内子庆云教授赴云南丽江，又与胡君邂逅同游。指点江山，激扬文字，诚莫逆于心、大快于途焉。

　　胡君诗作，学唐学宋，非唐非宋。其能继承传统而又力求创新之风格，素为仆所钦佩。试举其近作《周禹嘱题临川晦人诗词钞》以示例：

韬海岂遮紫电光，十年磨剑不寻常。
难忘霜肃真情在，最厌趾高盛气昂。
一卷蕴珠承润泽，三余学句足成章。
临川彩笔挥珠阁，夕照吟声入混茫。

骤读此，仅视为酬赠之作。细味之，乃觉"紫电""霜肃""蕴珠""三余"及"临川彩笔"等故实，一皆已赋予新意。诚如李苏毓为胡君先祖雪抱公《昭琴馆诗小录》叙云："古意今情，妙自离合。"胡君借他人之酒杯，浇己身之块垒，离合之妙，可谓得心应手。昔韩昌黎言"凡出乎口而为声者，其皆有弗平者乎？"（《送孟东野序》）诗中"最厌趾高盛气昂"一句，已露出诗人心迹矣。胡君将有新集付梓，嘱缀短文，是为序。

壬午仲秋写于福州双柳居

【注】

序作者为江西南昌人，福建省社科院研究员、著名诗人，曾任中华诗词学会副会长。

附录二：题诗赠答（选录）

迎建惠赠《近代江西诗话》及《江西古文精华·游记卷》报以此诗

江西师大　胡守仁

君作三年研究生，就业江西诗社里。
硕士头衔探囊得，寝馈于学富根柢。
学成工作展所长，有暇仍然学不止。
向来于诗好之笃，取径古人惜寸晷。
触事感发付吟笔，汩汩然来烂千纸。
宏扬文化君尤力，情之所钟在桑梓。
江西自古多诗人，近代亦复难偻指。
其间显晦或不同，君乃一一阐厥美。
搜罗容或失之宽，可传世者俱集此。
今更出版《游记卷》，作者又皆江西士。
时间不囿于近代，记叙多为名山水。
人手一册可卧游，旋马之室游万里。
当今议及赣文化。继往开来是宗旨。
先须数典莫忘祖，推陈出新庶有弅。
君之所为寓深意，自是功不可没已。
两书先后荷见贶，感激成诗遂写似。

读《近代江西诗话》赠迎建先生

赣州　周作亿

陵谷沧桑感不禁，百年艺海叹珠沉。
凿开岩嶂方知玉，淘尽泥沙始见金。
诗衍西江传雅韵，文飞南国播清音。
及时喜看虹霓起，龙跃鄱湖雾化霖。

题胡迎建先生《近代江西诗话》

西安　霍松林

（一）

师韩祖杜拓新疆，双井神功接混茫。
诗派汪洋传近代，洪峰迭起看西江。

（二）

从师白下问迷途，新授诗坛点将图。
上溯黄韩追杜老，脱胎换骨忆方湖。

(三)

开放中华万象新,胸罗万象笔如神。
扬帆岂限西江水,入海尤能掣巨鳞。

读《帆影集》致胡迎建诗丈

韶关 梁 常

满卷青春意,陶然不惑吟。
巍峨庐岳秀,浩荡鄱阳深。
天外看帆影,风前听玉音。
悠悠情未尽,流水伯牙琴。

读胡迎建《帆影集》

宜昌 刘膺镰

日照鄱阳宿雾开,迢迢帆影自天来。
星子有灵锺秀杰,滕王无意荐英才。
派出江西新凤起,波连湖北野鸥猜。
珠玑一卷氤氲绕,满架缥缃列上台。

《帆影集》读后感呈

黄州　叶钟华

星光灿烂自徘徊，心底诗花笔下开。
王勃比伦滕阁赋，建安为伍栋梁材。
道源赣水陈师道，才贯钱塘袁子才。
雅爱西江胡硕士，风扬帆影日边来。

读《帆影集》

济南　鲍思陶

摘光飞影号能文，造化无为总羡君。
韵致高时压五柳，才情逸处烂三坟。
龙纹犀管真温润，霞蔚云腾任苾芬。
唯楚有材今始信，图开笔阵却三军。

夜读《近代江西诗话》有感

台北　熊　琛

楚客由来工苦吟，灯前展读动乡心。
蛩啼四壁月初上，叶落满阶秋已深。
莽莽乾坤如逆旅，悠悠变雅付孤斟。
柴桑双井俱屯剥，诗卷长留烁古今。

迎建主笔远惠新著《帆影集》赋此答谢

樟树 陈延吼

渊源家学仰昭琴,一卷鸿篇出性灵。
东壁图书稽古籍,西江帆影导航程。
迎风击流诗思涌,健笔凌云浩气横。
任彼海潮方席卷,心无旁鹜帜高擎。

读《帆影集》中《四十咏怀》诗,因感其事而怜其志

丰城 孙继吴

(一)

几多良骥阻奔腾,苦服盐车力不胜。
四面飞沙蒙两眼,一篇痛史伴孤灯。
为求硕士重深造,果占吟坛最上层。
道溺文衰谁挽救,乘风帆影破坚冰。

（二）

羡君生在学诗家，只问攻关不问涯。
八斗高才时贬爵，六经探义轨同车。
书中自有黄金屋，苑里岂无白菊花。
且喜风华还正茂，雄心奋发育新芽。

拜读迎建大著《帆影集》及其先公《昭琴馆诗存》有感

寻乌　赖竹林

春雨楼头碧玉箫，时扬时抑总魂销。
兰馨琴韵萦怀久，帆影涛声入梦遥。
往事堪嗟余涕泪，新知足仰锡琼瑶。
澄江何日迎诗旆，饫领雄谈慰寂寥？

下庐山访胡迎建

佛山　余福智

诗山一乾坤，诗月照凡身。
诗风为掏耳，诗溪为洗尘。
求诗桥上过，见诗在粼粼。
忆诗还逆旅，吟诗分外新。

既来诗国度，打量诗精神。
咀嚼诗味道，悟得诗为真。
未知余诗兴，可否作诗宾。
还将学诗意，下山访诗人。

喜得迎建兄《帆影集》

广州 周克光

风雨离江渚，孤篷诣鄱阳。
波颠常正席，雾重不迷航。
卧荻听秋月，搴荷撷晓光。
琼田宜久履，冰雪澈肝肠。

读《近代江西诗话》有赠作者

北京 黄崇艺

四载搜寻辛苦多，书成聊成慰胸阿。
山川奇丽钟词客，竹帛忧欢付逝波。
诗论自高情自切，辞锋惟简意惟赊。
而今宋派源流续，家学宗风百尺柯。

读胡迎建先生《帆影集》

武进 姚广圻

诗是君家守护神，昭琴馆里有传薪。
十年风暴文弥壮，一斛珠圆品自纯。
亦伴泥沙苦心志，终持玉尺展经纶。
嗟余病树沉舟客，帆影吟来倍感人。

酬胡迎建先生惠《帆影集》

西安 姚 平

寒梅聊寄一枝春，帆影飞来赣水滨。
投李报琼君意厚，抛砖引玉我心珍。
灞陵久作思乡客，滕阁长怀吊古人。
但愿情系鸿雁足，时传诗讯振精神。

赠胡迎建兄

番禺 何永沂

江西胡迎建君，亦谦谦君子也。余于1991年庐山之行，路经南昌，蒙胡君热情接待。去岁于永兴诗会，大会安排注江漂流，同坐一船，有诗寄慨。

相忘人说在江湖，我谓诗坛道不孤。
破帆破浪湿灯亮，共把冰心寄玉壶。

君子之风思欲齐，果然人物在江西。
曾吟帆影碧空尽，又赋同舟醉玉溪。

奉答诗

长沙 熊东遨

故人鸿雁到，慰我寂寥居。
自顾知何似，相交有淡如。
江声南国远，梅影夜窗疏。
世事同谁说，思君一纸书。

贺岁卡拜收,甚感高谊,走笔次尊作原韵奉答

合肥 刘梦芙

士有凌云志,滕王阁畔居。
才雄追子建,学富媲相如。
祖武君能继,诗情我愧疏。
夜寒吟短句,聊以报音书。

接南昌胡迎建吟兄壬午贺春诗恭步原韵春寄

乌鲁木齐 星 汉

休道洪都远,天涯隔壁居。
坦诚情切切,儒雅意如如。
自知才学少,未见故人疏。
雪夜天山寂,思君信手书。

过南昌

河源 梁玉芳

一梦醒何处,车停曙正初。
接风来旧雨,倾盖顾新居。
草色凭深浅,心情似有无。
江天名阁倚,气贯古洪都。

炙人时仲夏，汗雨透裙裾。
濯足银河水，枕头玉帝书。
嗟何赊爽气，恨不识匡庐。
电讯三千里，明窗海月孤。

集胡迎建1974日记中诗句成诗

广东　有樵

冷冷春风上顶巅，湖洲莽阔雾沉眠。
晨阳淡黯凝云里，古柏青苍峻崖边。
栉比山城楼隐绰，沧漪船舶浪回旋。
窥形自叹瓮中鳖，廓地清天影孑然。

读《帆影集》与《诗人胡雪抱传》感赋赠胡迎建先生

天津　江婴

名山畴昔访巢云，燕麓逢君未识君。
目击彭蠡迷漫漫，心随帆影历沄沄。
昆仑雪抱江流远，孤月渊明桂子殷。
得借匡庐读书处，高吟日日便长闻。

酬迎建先生惠赠《雁鸣集》

闽侯 陈云飞

雁鸣集鉴暖如春，原自西江社里人。
潮击鄱湖千顷壮，吟坛振笔力求新。

奉答诗

太原 马斗全

喜见春风报马年，知当笔致更翩翩。
读君新作想君日，我在梅花古涧边。

迎建乡兄惠赠大著《湖星诗集》读后抒感

台北 龚嘉英

落星古寺知名久，双井涪翁曾赋诗。
小雨藏山辞绝妙，蜂房开户景尤奇。
湖边碧树连天远，屋角银河接地垂。
灵秀所锺成此集，深宵雒诵酒添卮。

胡教授迎建五十大寿出版诗集惠赠，谨步龚稼老韵奉谢

台湾　陈庆煌

展读鸿篇如对晤，湖星集继涪翁诗。
格追陶令霜前澹，境爱匡庐天下奇。
白石慢词腔独创，定庵才气道长垂。
源头活水来无尽，大衍欣逢晋酒卮。

谢迎建惠《湖星诗集》

西安　姚　平

才观帆影又湖星，磨剑十年锋几经。
家学渊源夯础石，师承秘奥震雷霆。
九州名胜寻佳句，四海诗人接短亭。
古籍频研余乐趣，诗书画品建高瓴。

酬胡迎建先生惠《湖星诗集》

渭南 王志伟

一片彩云舒，飘然入我庐。
室中增雅兴，灯下览新书。
妙句思如雨，华章味不虚。
吟坛期共勉，驰骋驾长车。

读迎建先生《湖星诗集》赋以谢之

哈尔滨 吕 尚

初次相逢在上饶，洪都渤海路迢迢。
"抄家戴帽"挑柴担，挨饿"拖车过板桥"。
磨剑辛勤连破格，编书精细上扶摇。
《湖星》一册传华夏，业寄名山羡《自嘲》。

接江西社科院迎建研究员来函酬答

内蒙古 王守仁

有幸河东识俊颜，诗名才晓满江南。
赠书帆影流清韵，获奖佳篇落玉盘。
百尺新楼嗟鹳雀，千劫壶口叹狂澜。
灞桥古柳今仍在，何日重逢答问难。

贺新郎·拜读《湖星诗集》奉呈迎建导师

江苏 越 兮

拜阅君新著，亢激情，梦氤氲绕，憾词难赋。多少豪情兼俊逸，健笔凌云如瀑。江山美赖英雄护；墨洒千秋慨神韵，昭琴馆，汝传薪超俗。编珠玑，宛李杜。　　天外一泓帆影睹，乘东风、疏星淡月，艺海横渡。览尽人间兴废事，谙破苍穹皆雾。更幸我、于平仄路，穷目红尘怅今古。天赐缘、蒙捉刀扶助。催奋发，未辞苦。

拜读胡迎建先生大札及惠赠《湖星诗集》赋此呈谢

会昌 戴石金

心仪殷久憾无缘，读罢华章意肃然。
索句骑驴穿铁砚，穷今究古绝韦编。
鄱阳浪涌诗情壮，滕阁霞飞雅韵旋。
饱览巅峰春色美，斑鬓有幸仰高贤。

读《湖星诗集》呈迎建先生

婺源 朱德馨

远去沙场搏浪声,落星湖畔灿新星。
胸怀久抑抒难已,道义甘担抱不平[①]。
四海风云兴感慨,九州坛坫寄深情。
遗珠广觅斯文幸,江右吟坛力拄攀。

【注】
① 指《祸训》《忆文革》诸篇。

读《湖星诗集》感呈胡迎建先生赐正

熊华禄

昭琴馆里有高风,雪抱传薪耀楚中。
夜月湖星何皎洁,克绳祖武几人同。
涵今菇古绝韦编,含咀英华锦腹阗。
字字珠玑追李杜,湖星光映出龙渊。

读《湖星诗集》赠胡迎建兄

合肥 方国礼

湖上清波岸柳摇,鱼翔浅底自逍遥。
身沉学海知饥渴,力振诗坛忘苦劳。
金石广,帆影骄,几多著述见高标。
滕王古阁名天下,一鹤排云上碧霄。

谢胡迎建方家赠寄《湖星诗集》读后感赋

太原 史松山

前年中秋夜,河东幸会君。
赠我帆影集。吟界结知音。
近赠湖星集,夙夜拜读欣。
江西有灵气,诗词代有人。
乘时出新秀,诗名天下闻。
文思如泉涌,下笔如有神。
诸体具熟悉,结构比玉纹。
连篇多妙语,情感透深沉。
叙事寄感慨,抒怀最真心。
山川风景美,彩色自缤纷。
褒贬亦适度,颂贺语长新。
赣水毓英杰,湖星映月轮。
编著多辛苦,作诗更殷勤。
寄意南天去,身体当自珍。

短歌行赠胡迎建

南京 喻学才

二〇〇五年五月十日夜,喜读友人胡迎建《雁鸣集》,感君之经历坎坷似我,喜君之先困后亨似我,夜不能寐,成诗一首。

老友胡迎建,寄我《雁鸣集》。
旧诗与新诗,选集连杂艺。
乃祖传记深,乃母回忆密。
纷如五花海,万象竞陆离。
忽而记物价,幽默解人颐;
忽而忆旧人,感慨涕泗溢。
"我这二十年",往事各历历。
虽逢世纪运,成功赖内力。
安贫且乐道,自信无人敌。
柴桑陶征士,清风差可拟。
千古庐山高,五柳犹依依。
随时自俯仰,电脑代毛笔。
开拓新境界,诗坛震太乙。
愧我命同君,不如君努力。
中夜不能寐,起坐增怵惕。
大道如青天,阔步争朝夕。
一手抓旅游,一手抓世遗。
兴灭继绝世,国学同拓辟。
他日文坛上,尔我共槽枥。
中华说老骥,何妨多两匹。

读《湖星诗集》呈迎建

东乡　熊墨驹

恨不晚生重入学，与君师大共窗俦。
领军吟主奔迎建，新月湖星照墨驹。
意韵频翻芜秽剔，奇篇铺就兴犹遒。
堪嗟旧事萦怀久，雪抱谨公思不休。

题胡兄迎建《湖星诗集》

南昌　杜华平

古貌知君并古肠，昔年共砚侍韩黄。
分携岂过牛鸣地，歌酒难酬面叙望。
人事悲欢愁不奈，诗情飘举子如狂。
琼琚落手摩挲遍，欲赋屠颜怕就商。

谢胡迎建吟长惠赠《湖星诗集》

湖口　黄英华

洪都故郡拜胡公，赠我瑶编触动容。
峭壁千寻调锦瑟，平川万里跃青骢。
诗风直逼黄山谷，文采堪追左太冲。
小子愚庸思笔健，而今幸喜有师从。

拜读迎建先生《帆影集》《湖星集》赋呈

梅州 丁思深

诗国嘤嘤唤好春，江西裔脉有传人。
一竿帆影偕时进，万点湖星照眼新。
畴昔龙蛇伤世寂，于今文字赏心频。
精严自宝临川笔，活色生香赣水滨。

读《轻舟集》有感

兰州 张 民

妙物丹青神笔诗，深情笃意尽淋漓。
青山遍踏画魂醉，往事历巡风骨知。
夜雨飘中叹淳朴，春寒行里说妍媸。
先生赠我轻舟集，我咏斯书识卓师。

初读《轻舟集》口占

景德镇 索凤山

鄱阳湖上一轻舟，引领千帆逐浪头。
诗海痴心寻美玉，滕王阁下著风流。
古月瑶光洒九州，天涯海角鹭盟鸥。
洪都胡士长歌赋，景德愚公欲奉酬。

呈迎建先生

鄱阳 黄习文

手捧中词仔细吟①,篇篇佳作动吾心。
诗山有路难觅径,学海无才苦自斟。
老朽迟通钟子韵,先生早悟俞君琴。
久怀流水高山调,安得仁兄正一音。

【注】
① 中词:《中华诗词》。

谢迎建兄惠赠《昭琴馆诗文集笺注》

福州 张弈专

仙馆云和迥绝尘,瑶池菱荇百年春。
英才辈出谢门后,汲古怀亲又一人。

读《晨报》记者专访胡迎建先生有寄

省委党校 杨和明

（一）

闲谈不过五分钟，成就文坛不老松。
欲问蛟龙何处是？渊深水阔有仙风。

（二）

大师勤力赣鄱田，春种秋收"十百千"。
勇冠三军无敌手，挥鞭东指又新篇。

（三）

治学惟求方法新，围坑掘井探奇珍。
涓涓泉水轻轻涌，渠到花开处处春。

返深圳寄胡迎建吟长

深圳 陈小明

文名久仰识无门，幸会星洲谊永存。
振翮长怀鹏抱负，虚心自具竹灵魂。
诗坛翘楚君非忝，学界精英道共尊。
且喜鸥盟从此固，思随杖履到芳村。

赠胡迎建方家

美国纽约 梅振才

胡君乃当今大陆中青辈著名艺术家，诗书画皆擅，佳作甚多。其祖父胡雪抱为近代赣鄱诗坛名宿，有《昭琴馆诗文集》传世，由胡君作笺注。

鄱湖多雅士，胡子正当年。
意寄诗书画，情牵岭海川。
谦和人内歛，刻苦艺争先。
读罢昭琴集，方知家学渊。

菩萨蛮

辽阳诗研会赠胡兄

营口 曹 辉

天开地阔何丰硕,才华讶向诗书画。
再度聚辽阳,羡君多特长。
江西风雅客,峻拔如完璧。
展翅若鲲鹏,帆飞向大成。

读胡迎建师《轻舟集》

共青城 江仲辉

佳章风韵似朱熹,敲字填词看着迷。
夜读经纶如获宝,诗香贪得月沉西。

步韵祝迎建兄合家欢乐

宜春 刘晓南

际遇平生快此时,匡庐把笔苟相随。
何当共揽西江月,彭蠡擎来作酒卮。

龙岩海峡两岸诗词笔会赠胡迎建词长

福州　郭道衡

才华卓荦著先鞭，喜值英年重任肩。
夜话联床逢盛会，得亲雅范倘前缘。

看《身世叹》有感

景德镇　于淑英

读罢《湖星》感慨之，世家子弟本威仪。
珠玑却串千行泪，心血翻凝万卷诗。
经雨经风坚骨格，务真务实动遐思。
等闲只解鹄鸿志，谁识恬然更可奇。

友人呈迎建师《湖星诗集》读后感咏

都昌　刘凤翔

湖影星辉透咏窗，如饥似渴品书香。
珠玑一卷乾坤靓，情愫满怀豫赣芳。
世纪风骚多领悟，帆樯艺海掠春江。
龙纹犀管剑琴灿，韵味无穷吐耿光。

读《雁鸣集》呈胡迎建先生

大冶 冯有才

读唐研宋慕君名,意寄鄱湖听雁鸣。
雪抱萦怀芳草露,云环瑞霭暮山清。
忆吟西塞浑忘字,共赏东篱别有情。
最念匡庐聆妙语,诗潮澎湃荡心旌。

昨晚喜得迎建惠赠《轻舟集》,捧读无眠,满口生香,草成一绝以谢

大冶 郭应明

金湾楼上惠分羹,入口嘉肴喜不胜。
咳唾珠玑耀华夏,鄱阳碧水一舟轻。

元旦敬呈

广州 贺中轩

罄欬亲聆雁荡山,又开茅塞及愚顽。
夏吴峰在何从上,杖履阶铺谁与攀?
灿烂湖星梦常枕,巍峨滕阁醉忘还。
岭南辞旧吟驴瘦,尚待迎新诗令颁。

西江月

辛卯年春寄怀

鹰潭 徐辉华

惯看芦溪月色，常怀莹鉴诗仙。
青山湖畔柳含烟，一任莺鸣燕剪。
一册诗词分卷，几多甘苦堪言。
洋洋洒洒瑾瑜篇，每读如睹君面。

西江月

诗赠胡迎建先生

上饶 孙卫度

胡公大作笔力雄健，韵味深长，阅之常有直达心灵之感，恨山高路远，难以谋面。

恰似蓝天飞燕，犹如碧水行舟。
与君意境共神游，无愧诗坛泰斗。
早欲程门立雪，何时一识荆州？
耕耘已惯度春秋，也效东施眉皱。

敬赠迎建吟长

哈尔滨 李雪莹

千里交流栏外经,同君邂逅贵同行。
书山驰骋永求惑,学海纵横敢掣鲸。
污浊烟尘无介入,清新气息正充盈。
欣逢近距聆高论,缕缕清馨载满程。

长安别后呈南昌迎建先生

天水 王君明

闻道胡夫子,风流尚楚骚。
朝为仙侣客,暮赏竹松涛。
绰约依心远,扶摇动酒豪。
萍踪收一快,赣水自滔滔。

赠江西诗词主编胡迎建师

鄱阳 王海霞

一代鸿儒博学家,才华人品映天涯。
名高北斗星辰上,妙笔生花绽艳葩。

读《轻舟集》并致胡迎建吟长

婺源 方跃明

金书一日出琅嬛,便似春风百卉繁。
峭拔诗风连泗水,孤高标格映梅园。
灵岩有幸留踪迹,星子无瑕育桂楠。
曜德含光人敬仰,蚺城学子总凭栏。

癸巳小暑呈胡迎建会长

寻乌 骆辉建

诗馨九域盛名飚,仰慕年年徒望霄。
今揖芝眉疑梦境,倾情一晤漾心潮。

贺胡迎建老师令旦

瑞昌 曹兴平

一代鸿儒布道新,长吟韵贯大江滨。
携梅共祝无期寿,与鹤同修不老身。
常感坛前三洗髓,愧难筵上满斟醇。
胸中芹藻高标逸,早报寒山雪后春。

遥贺胡迎建先生花甲寿诞

瑞昌　徐勋汉

程门立雪识荆州，江右鸿儒数一流。
落帽怀才惊四座，脱靴叹我逊千筹。
清心着意诗书画，寡欲无争将相侯。
祝福先生行百岁，重轮花甲只从头。

贺胡迎建先生花甲寿诞

南昌　刘红霞

胡笳声响马迎春，信有建安风骨存。
奉贺生辰斟绝句，清音未落醉乾坤。

贺迎建先生花甲

南昌　李真龙

三十八年弹指间，便惊花甲到苍颜。
羡君腹满盈千卷，愧我胸藏太一般。
著作等身标姓字，诗词载誉熠光环。
人生似此真难得，驽马勤鞭不敢闲。

贺胡迎建老师六十大寿

南昌　陶其骖

雨遇金秋也淡然，高歌正步与山巅。
何愁绿叶逢霜染，且惜韶光枕笔眠。
心寂终应吟世曲，诗狂几度入名篇。
随云聚散星文发，纸上丹青垦墨田。

后　记

旧作《帆影湖星集》入选"中华诗词存稿"得以再版，万分感谢丛书编委会诸君的盛情！中国书籍出版社和采薇阁公司的编辑、排版工作者为本书的编辑、排版设计工作付出了宝贵劳动，亦感铭肺腑！

胡迎建
谨记于湖星轩
时在2019年10月20日